我的
地基主室友

終燦 著

目次

序章・消失的陌生人

喀噠——

大門被打開了。

玄關處傳來一陣窸窣碎音，隨之而來的是急促的奔跑聲，一個穿著米白色蛋糕裙、綁著公主頭的三歲小女孩連鞋也沒脫就蹦蹦跳跳地衝進客廳。

「小杏，妳別跑那麼快，等等爸爸媽媽！姊姊，妳去顧一下妹妹，別讓她把新房子弄髒了。」

「哇，我們家好大好漂亮！」小女孩揚起純真的笑顏，抱著和自己一樣高的泰迪熊玩偶興奮地跳上跳下。

「……」一旁的男子緩緩掀開眼簾，被吵醒的他本正坐在窗台倚靠著牆打盹，輪廓彷彿沾著來自身後的陽光，整個人朦朧夢幻。

歐墨懶洋洋地偏頭望去，接著下一秒，不偏不倚與小女孩四目相接。

一瞬間，小女孩傻在原地，一雙骨碌碌的大眼新奇地直盯著他瞧。

他不慌不忙，彷彿早已預料。他微揚唇角，慵懶地一手托腮，氣定神閒抬起另一隻手掌，晃啊、晃，朝她的方向左右揮了兩下，像是在和她打招呼。

「……」小女孩被嚇到了，一臉懵，手一鬆，懷裡的泰迪熊戲劇性地咚的掉在一塵不染的磁磚地面，她表情疑惑，頭頂彷彿冒出無數問號，又低頭揉了揉眼睛。

歐墨只是溫和地笑彎了眼，在她再次抬起頭的剎那便消失得無影無蹤。

「吼，妳踩得地板都是腳印……」跟著從後頭走進來的，是個頭比她高上許多的女孩。「嗯？小杏妳在找什麼？」

「嗚嗚……姊、姊姊……」小女孩癟著嘴，淚眼汪汪。

「怎、怎麼了？」

「那裡、那裡——」她放聲大哭，像是刺耳的嗡嗡警報，又哭又焦急的奶音在這棟三層樓老舊屋宅轟轟烈烈地響起，這一哭，把屋外正忙著搬行李的父母嚇得連忙衝進來查看。

只見小女孩不停舉著食指用力指向客廳窗戶的位置……三人順勢望去，除了擱在旁邊尚未拆封的成堆紙箱外，就只有一地從外曬入屋內的金燦晨光。

「剛剛那裡有人，可是、可是——又不見了！」她咽咽嗚嗚，控訴般地急跳腳。

Chapter 01 ‧ 契機

花枯萎了。

「嘿，妳在看什麼？」

耳畔飄來一道男聲，極其靠近，莊亦誠身上的味道悄然無聲蓋過了空氣中隱隱瀰漫著的潮濕惡臭。

賀小杏下意識地皺起眉，收回視線。

她對這類型的香水味沒有好感，更不喜歡這個人，於是她巧妙避開，接著面無表情，語氣微冷：「沒事。」然後走回其他朋友所在的二樓房間。

「啊，這樣呀……」莊亦誠的表情透著一絲尷尬，不過很快便消失。

他獨自站在原地，瞥了眼她方才看的東西，那是一株頑強生長在樑柱裂縫的無名花。接著他視線游移，靜靜凝視賀小杏正踏上第九層階梯的纖瘦背影，下一秒，他的唇角微微的、微微的上揚，神情若有所思，最後也跟著走上二樓。

「咳……嗨，大家好，現在的時間是晚上十一點四十九分，我目前人呢，位於上次觀眾在Facebook置頂貼文票選第一名的鬼廢墟——」

手拿一台小型攝影機的阿信熟稔地對著鏡頭自言自語，後方也跟著幾個男男女女，其中刻意閃避鏡頭的彭莉一見賀小杏出現，像終於等到救星般，急忙上前緊勾住她的胳臂。

「吼，妳是跑去哪，我還以為妳不見了……這裡構造好亂，很容易迷路耶。」彭莉說。

「我剛才走回入口幫阿信拿機車鑰匙，她忘記拔。」賀小杏解釋，邊蹲下將鬆開的涼鞋鞋帶重新繫緊。「雖然這附近根本沒半個人，連條流浪狗都沒看到。」

聞言，彭莉瞪大眼睛，不可置信地驚呼：「妳、妳一個人去？」

賀小杏起身，理所當然地點點頭。

「阿信她幹麼不自己去拿，其他人也就這樣放妳一個人去？」

「妳看他們幾個現在那麼興奮忙著錄影，哪還願意多走一趟呀，反正我也剛好要回車上拿行動電源，手機快沒電了。」

「妳應該跟我說一聲，我可以陪妳去拿。雖然從這裡走到入口沒多遠距離，但中間那條小路連一盞燈都沒有，太危險了！萬一有色狼埋伏在草叢怎麼辦，而且……而且，如果真的有鬼……」

「沒事啦，沒做虧心事幹麼怕。」賀小杏一派輕鬆，打趣地偷笑：「不過如果真有鬼的話，我倒是蠻希望能出現的。」

「齁——小心惹禍上身，妳這樣講會被跟喔，搞不好直接跟到妳家！」旁邊一個女生突然插話。

「好啊，好好奇到底是長成什麼樣子。」

「嘖嘖嘖，口不擇言，真是可怕的女人，比鬼還可怕喔！哈哈哈哈哈！」另一個男生也跟著起鬨調侃。

「靠北喔，我都沒說你小牙籤了。」

「妳罵誰小牙籤！」

「喂——你們兩個夠了吧，不要亂講話好不好，白目。」本站在某扇破裂窗框，百無聊賴地眺望外頭夜色的男生開始有點雞皮疙瘩，忍不住轉頭出聲制止。

「好咩，不吵就不吵……」

「你剛才還伸手撿地上的線香跟金紙玩，誰比較白目？」賀小杏似笑非笑。

「我、我只是太無聊而已，又不是故意的。」

「好啦好啦，我們都安靜一點。」彭莉拉了拉賀小杏的手腕，壓低音量，視線不敢四處亂瞄，膽戰心驚地說：「其實我覺得他說的也不是沒有道理，在這裡不要亂講話比較好，萬一真的有鬼出現怎麼辦……」

「妳又在自己嚇自己了，不要怕，有我在好嗎？」賀小杏給她一個安定的小眼神，篤定地說：「這世界上根本就沒有鬼，都是人們自己想像的，妳有親眼看過嗎？」

「沒有……但我還是覺得──」彭莉囁嚅，摸了摸脖子掛著的紅色平安符，是今天出門前刻意戴上的。

「況且妳想想，所謂的靈異現象有很多到最後不都證實是假的嗎？不是人工後製不然就只是什麼光影巧合，科學無法證明──所以世界上根本沒有鬼的存在。」賀小杏將一頭霧黑色的微捲長髮往上紮成俏麗馬尾，在氣溫高達三十三度的夜晚，怕熱的她只套著一件oversize的白色T恤加牛仔短褲，雪白的鎖骨後頸一覽無遺。

「各位，先過來集合一下，我想正式錄個開場──」阿信這時以不大也不小的音量朗聲吆喝。

距離大學開學日還剩一週，悶熱的盛夏夜晚，七個同校的男男女女相約至郊區外某棟已成廢墟的老舊屋宅，進行夜遊探險的活動。

根據網路上的資料，這棟四層樓的建築物已多年無人管理，據傳是以前某富商老翁送給情婦的房子。而後來的某日，當地村長正逐戶發放醬油，走到這兒後按了幾次電鈴卻都沒人應，於是走到後院想看看有沒有人在時，才發現有一名女人竟陳屍在後院的古井中，嚇得他連忙報警。但關於這場命案卻找不到任何蛛絲馬跡，最終也成為一樁懸案，屋宅內的時間也宛如就此停滯不前了。

這兒地理位置偏僻，早期曾有遊民當作棲息地，建築本體長年被各種風雨侵蝕，導致外壁斑駁破裂，生鏽的鋼筋裸露在外，廢墟周圍全是老榕樹，茂密樹叢鋪天蓋地，連一絲陽光都無法穿透，漸漸地連空氣都顯得壓迫詭異，這些年更屢次傳出有人在廢墟內輕生的消息，甚至是棄屍案，陰氣甚重。

儘管如此，這座廢墟仍吸引一大票熱愛靈異的年輕族群前來追求刺激，甚至二度蟬聯全台鬧鬼排行榜的第三名。

「嗯——我們來玩個小遊戲吧，剪刀石頭布，最輸的人走到最裡面的那間廁所自拍一張，我想放在影片結尾當彩蛋。」

阿信是此次夜遊的主揪人，她對幽靈鬼怪這類的事格外感興趣，前前後後去過不少鬧鬼景點，近兩年也嘗試將探險過程錄製成影片上傳至Youtube，其中幾支影片甚至超過了四十萬點閱率。

「哇靠，妳認真？去那間鬧最凶的廁所？這也太刺激了吧！」

「……我能不能退出？」彭莉面露抗拒。「不要這樣亂來比較好吧。」

「我也不想玩。」莊亦誠也附和。

「不會啦，我俄文系的同學上上個月也來過，雖然他只探頭看一下，說裡面只有一些垃圾什麼的，沒事的啦。」

之後，有三個人選擇不加入遊戲，其餘的四個人則頗有興致地開始猜拳。

輪番幾回，最後的結果是——賀小杏猜輸了。

「喔哇，我們的本日壽星中獎了！」

「網路上說廁所裡的鏡子還沾著乾掉的不明血跡，而且地板到處都是沒燒完的紙錢……重點最恐怖的是！有幅肖像畫掛在牆壁上，聽說畫裡的女人就是那個死掉的情婦……」

「真假？我整個雞皮疙瘩都起來了……欸不是，為啥廁所裡要掛肖像畫呀？」

「只有一個人進去真的太噁了啦——妳真的敢喔？」

「那有人自願當好心人陪我嗎？」賀小杏語調聽起來無辜柔軟，模樣卻是一副蓄勢待發。

「我可以陪妳。」莊亦誠率先出聲，同時默默移動腳步，身體朝她靠近了些。

賀小杏不著痕跡地再次拉開距離，平淡地扯了下嘴角，直接回絕：「……不用。」

「呃——我、我突然尿急，得找個地方解決。」另一個男生揪緊自己的褲頭，佯裝愛莫能助。

「最好啦，你明明就怕！」賀小杏大笑揶揄。

「哪、哪有。」

「你看看你膝蓋抖成那樣。」

「阿彌陀佛阿彌陀佛……」

他們兩人自然的互動看在剛被狠潑一桶冷水的莊亦誠眼裡很不是滋味，他下意識攥緊了拳頭，默默藏進口袋。

「妳真的很大膽耶，要是是我輸了，我死也不進去！何況還要在裡面自拍。」

「這只是個遊戲，妳用不著勉強自己。」彭莉有些擔心。

「不會啦，沒什麼好怕的，願賭服輸。」賀小杏咧嘴一笑。

「那妳自己小心，這妳拿著。」阿信從腰包摸出一台更迷你的攝影機交給她。「如果有什麼事就立刻大叫哦！」

其餘六人看著從容不迫的賀小杏拿著手電筒獨自走入深不見底的漆黑，阿信開啟錄影模式，默默在後頭跟了一段距離，直到她彎進廁所。

一分鐘後，賀小杏推開生鏽的門走了出來，門板與沙礫遍布的地面摩擦發出的聲響在此刻顯得格外刺耳，硬生生地割破了這死寂壓迫的氣氛，嘎——

「怎麼樣？」阿信好奇地問。

「我轉了一圈，就跟網友形容得差不多，而且角落堆滿了好幾包垃圾，一看就知道是有人隨便亂丟的。」賀小杏一派輕鬆，據實以告。

十五分鐘後，一群人又兩兩一組騎車彎下山路，這場夜遊探險終於結束，眾人沒什麼意外的收穫，只有小腿和手臂被蚊子吸了好幾口血。

賀小杏與阿信都有一顆大膽的心臟，然而兩人的差別在於，雖然從未親眼見過，但阿信十分篤信幽靈鬼怪的存在，和大部分人一樣秉持著寧可信其有不可信其無的態度，而賀小杏則是屬於完全不信邪的那一派。

因為從小到大沒見過沒聽過更沒感覺過，所以她說，她不相信。

❀

在賀小杏高一那年，她的父母彼此外遇，協議離婚後各自前後搬離了家，自此之後，她與相差九歲的姊姊賀允丹兩人相依為命。過了四年，賀允丹與長跑多年的高中初戀步入禮堂，不久後和丈夫搬至市區的公寓，於是，現在的賀小杏是一個人居住。

三年前，非常疼愛姊妹倆的外婆不幸因病過世，守靈的第二天深夜，賀允丹忽然說她聽見外婆在叫她的名字，甚至接連聽到兩次，那樣的真實感，就好像外婆本人正站在不遠處呼喚。

而無論賀小杏再怎麼屏息傾聽，最終聽見的只有黑夜在咆哮的噪音，以及徹夜未眠的外公躲在廚房，抱著外婆生前最愛的花洋裝偷偷啜泣的、那若有似無的哽咽聲。

「可能是因為外婆家的神明在阻擋，所以外婆才進不來，只能站在那裡。」當時媽媽聽完後，沉默了片刻，面容疲倦卻感慨地牽起嘴角，做出這樣的一個猜測，而究竟是真是假，就不得而知了。

又過了幾個月，母親節當天，因丈夫工作調職而早已搬至京都的媽媽難得回台與女兒們敘舊，母女三人到餐廳吃飯。

因為一道外婆最愛吃的白斬鵝肉，她們聊起了思念的外婆，賀允丹提起這陣子她夢見外婆好幾次，媽媽也說她夢見了兩次。

「小杏妳呢，最近有夢見阿嬤嗎？」

賀小杏咀嚼著甘甜的鵝肉，不知怎地，莫名食之無味，一點都不好吃。於是她擱下筷子，神情有幾分像鬧彆扭的孩子，搖頭：「沒有……我從來沒夢過阿嬤，一次都沒有。」

而在那之後賀小杏經常想著，為什麼外婆都不來找她？明明外婆以前這麼疼她的，甚至比疼姊姊還疼她。

她躺在床上，瞪著天花板那盞白晃晃的電燈，悶頭賭氣。她知道日有所思夜有所夢，所以為什麼，直到今天卻連一次也不願意來她的夢裡看看她？

如果可以，她多想再一次見見外婆。

❀

空氣中只有酷暑時節的黏膩，躲在樹叢枯葉的蟲鳴時不時叨擾耳膜，不嫌累似的永不停歇，讓人煩躁得不得了。

『各位來賓晚安，我們今天的營業時間已經結束了，謝謝您光臨花風百貨公司——』

晚間十點零五分整，送客廣播準時停止，整層樓面恢復一片安靜，燈光一盞一盞依序熄滅，百貨公司的一天將暫時畫上一個休止符。

老早收拾好行囊的櫃哥櫃姐們陸續走下員工用步梯，樓梯間瞬間充斥著節奏不一的腳步聲與吵雜熱鬧的交談聲。

賀小杏的機車通常停在地下二樓的員工專用停車場，除了一樓主要出入口外，地下二樓也同樣設有警衛室，提供臨時更換通行證或控管進出人員。

「賀小妹，今天又是晚班呀。」

當賀小杏一如既往打完卡後，出入口的某個警衛大叔和她打招呼，圓滾滾的啤酒肚格外喜感。她明明跟警衛大叔說過自己的名字，但警衛大叔還是老習慣叫她小妹。

「對啊，連上五天，明天終於放假了。」戴著口罩的賀小杏禮貌揮手。「大叔拜囉！」

幾個月前，賀小杏開始在鎮上某間百貨公司——花風百貨裡打工，專櫃是一間名為DI的香氛蠟燭品牌。

花風百貨營業至今已是第三個年頭，它的前身是名為「優木」的購物商場。優木的佔地不大，在當地經營長達二十餘年之久，是當時頗負盛名的老字號百貨公司，期間也歷經一場大地震，卻始終屹立不搖。

然而光陰荏苒，建築設備會被時間削弱，周遭也林立起規模更大更新的購物中心，來客數減少，業績下滑，久而久之廠商櫃位也紛紛出走，再加上曾發生一起駭人聽聞的意外事件造成些許負面影響，於是隔年，優木官方發出經營不善而決定歇業的新聞稿，當下仍震驚了不少人，因為優木在當地居民心中是陪伴他們長大成人的時光寶地。

不過誰也沒想到在最後的半年，優木竟又傳出一場意外，這次是兇殺案，所幸當時案件很快便水落石出，所有人的焦點又回歸到優木即將歇業這件事上。

最後的營業日當天，有許多人特地請假抽空前往，依依不捨陪伴它走完最後一次的迎賓送客，正式邁入歷史。

後來，這一塊土地空窗了整整兩個年頭，正當民眾都以為最終的結局也許就是變成一座杳無人煙的巨大廢墟時，一個龐大財團宣布買下它，賦予了新生命，接下來的兩年期間馬不停蹄整建裝修，終於在三年前重新蛻變，順利誕生了花風百貨。

以前賀小杏很少去百貨公司，有印象的大概就是小時候和家人過年走春，再不然就是周年慶時陪賀允丹去補貨保養品。

儘管時間還不長，外向開朗的賀小杏已認識了不少人，各個年齡層都有——例如四樓美食街麵包店的十八歲工讀妹妹，例如六樓書店那內外皆有著文青氣質的二十四歲女生，例如五樓賣家電用品的四十九歲小鬍子大叔，例如服務台那個二十七歲的溫柔小姊姊，她對安撫走失的小孩很有一套，又例如一樓珠寶專櫃的三十一歲帥氣大哥，他上星期閃電結婚，幾個偷偷愛慕他的姊姊阿姨們都要心碎了。

賀小杏將背包扔進車廂，掏出安全帽，接著戴上耳機。

「……嗯、嗯，現在下班了，要準備騎車。」她對著耳機麥克風道。

「妳別又彎到其他地方買消夜，大半夜的獨自一個人在外遊蕩很危險，早點回家，也不要騎那麼快。」賀允丹又叮嚀：「現在還是農曆七月，難免——」

「賀允丹，妳愈來愈像個老媽子囉！」

「賀小杏，妳別不信，俗話說夜路走多會遇到ㄍㄨ——吼，就跟你說空盆栽放三樓倉庫，你再去仔細找，別來煩我！」話才說到一半，電話另一頭就響起一陣劈哩啪啦的咆哮。

「好，妳別生氣，注意肚裡的寶貝……」接著還從話筒裡隱約聽見姊夫洪士羅連忙道歉安撫的聲音。

「好啦，你們不要吵架，我到家後再傳訊息給妳。」賀小杏敷衍幾聲，隨後逕自將通話結束。

指尖在手機螢幕點了幾下，她選了一首最近聽到上癮的英文老歌，然後油門一催，駛出地下停車場。

時速六十五公里。

賀小杏住的地方位於不怎麼熱鬧的，說好聽點是優雅靜謐、說難聽點是荒涼偏僻的某處小住宅區，往往騎到剩最後五分鐘的距離時，整個昏暗夜色中就只有賀小杏一個人，偶爾陪襯的，就剩不知從何而來的狗吠或貓發情那像嬰兒哭泣的尖銳聲響。

以白天尖峰時段的條件下，從家裡騎到花風百貨需要三十分鐘左右；現在夜已深，馬路空寥寂靜，越是遠離市區，人車就越漸零星，若一路奔馳，車程能濃縮到二十分鐘。

賀小杏愉快地跟著歌曲節奏哼唱，走調的音符被呼嘯而過的晚風捉住，爾後熄滅。

前方十字路口的黃燈轉換為紅燈，賀小杏放慢速度，停在機車停等區等綠燈亮起。

還有十九秒。

賀小杏無趣地觀察周遭景物，透過後照鏡探望，後方是空無一人的馬路，左手邊是對向車道，路燈的光散落在坑坑巴巴的柏油路上，有種淒涼慘淡的朦朧，右側是一排茂密的行道樹，一棵一棵的樹動也不動，幽黑的樹叢沒有臉孔，卻好像盯著你看……她回過神，忽然很佩服自己的想像力。

綠燈亮起，她繼續行駛，只是在快接近最後一個要左轉彎的路口時，遠遠地就瞧見地上圍立著幾個三角錐，以及車輛改道的告示板。

於是賀小杏直接就近迴轉，改抄小路，儘管她討厭走這裡——因地方政府長年沒有修繕，附近某幾戶農家又經常圖求方便將泥壤沾得滿路都是，上次還因為來不及閃避大坑洞而咬到自己的舌頭，弄得滿口都是血腥味。

亮著黃光的路燈彼此間隔頗遠，賀小杏幾乎在一片漆黑中騎車，其餘就只剩機車的大燈，與隱約透出薄外套口袋裡的手機螢幕的微弱白光。

今天剛好是每週的公司進貨日，滿箱的香氛蠟燭讓她搬得腰快斷成兩截，再加上昨晚看韓劇拖到凌晨兩點才入睡……太過安靜的環境下，騎著騎著，倦意逐漸來襲，眼皮乾澀，她睏得不得了。

追到第六集的韓劇明天再看吧，回到家洗完澡後就要立刻上床睡覺……賀小杏在心裡這麼打算著，打了一個大大哈欠，眼眶頓時湧上一抹濕潤，使部分視線變得有點小小模糊。

「啊、啊——」

然而，就在她即將駛出小路路口的那一剎那，一隻橘貓冷不防衝了出來！

賀小杏嚇了一跳，下意識地緊急剎車，那隻貓早已逃之夭夭。

一瞬間來得太快，車體重心不穩，龍頭大幅度偏移，再加上輪胎正滾在碎石路上，整個世界天旋地轉，連呼吸都無法控制，體內臟器宛如全被攪和在一塊，賀小杏直接連人帶車撞上一旁的電線杆。

車殼碎裂，殘破不堪，右轉方向燈持續在黑夜中孤零零地閃爍，彷彿是求救的訊號，她摔出車外，人車皆淒慘地躺在路邊的子母車前，幾乎是昏厥的狀態，眼皮沉重地半闔半瞇，渾身痛到近乎麻木，長褲也緩緩被滲出的鮮血染出一小塊一小塊的深色痕跡。

受到突如其來的猛烈撞擊，她的耳機被硬生生扯掉一個，而此時已輪播回最初那首英文老歌，記得騎車前將音量調大到七，此刻聲音卻愈來愈微弱，但因聽太多次大腦還能自動浮現那一句句歌詞……再下一秒，她想起賀允丹不久前的苦口婆心。

最後，在疼痛即將完全吞沒她的意識前，模糊之中，藉著刺眼車燈的輔助，賀小杏彷彿看見有道黑影正隱約朝自己的方向靠近，既不像貓也不像狗，而是有著人形的輪廓——

❀

我死了嗎？

這是賀小杏睜開眼後的第一個念頭。

她慌張又焦急地仔細檢查全身上下……很好，都還在！沒少一隻手也沒缺一隻腳，鼻子沒歪還長在原位！

感謝老天保佑，幸好最重要的臉沒傷到半點——

……不對。

不對！不對！

這全部都不對！

賀小杏總覺得哪裡怪怪的——她明明在路口出了車禍，為何現在卻好端端地站在一間女廁裡？而且身上的白襯衫乾乾淨淨的，她記得自己的腿很痛，八成受傷流血了，現在卻連半條擦傷都沒瞧見，整個人毫髮無傷。

賀小杏視線一瞥，注意到廁所內那面大鏡子。

她上前兩步，卻立刻沉默了。

她用力深呼吸幾口氣，接著閉上眼，又睜開，神情嚴肅地直直望向那面乾淨的鏡子——

「……我呢？」賀小杏瞠目結舌。「我人呢？」

眼前這面鏡子裡，既沒有出現她的臉，也沒有出現她的身體，反射出的畫面只有後方的粉紅色廁所隔間，完全沒有她的存在。

喀噠！

就在這個時候，有個年約三十歲左右的女生從其中一間廁所走出來。

只見她打開水龍頭洗手，抽了兩張擦手紙擦乾手後丟進垃圾桶，最後越過……不、是直接「穿透」過賀小杏離開女廁，從頭到尾都沒發現她。

這是什麼情況？

賀小杏愣愣地伸手撫摸自己的頸脖、胸口與腹部，無法感受到記憶中的體溫與柔軟，只有感受到隱約的軀殼，沒有實際的觸感，就像虛無飄渺的水蒸氣，一點也不真實。

賀小杏默了片刻，喉嚨彷彿有根魚刺死死卡著，不上不下，令人難受，隨後也跟著步出女廁，這才曉得自己目前的所在之處。

一間一間成排的病房、滲透在空氣中的各種藥水味、來去匆匆的白袍身影……她在醫院。

賀小杏孤身行走在長廊，目光投向旁邊的窗戶，外頭是一片淡薄的夜色，月光灑遍室內，地上卻沒有她的影子。

途中，賀小杏與幾個人擦身而過，然後，被他們一個一個穿越而過。她一路上看到誰就伸手抓住對方或直接擋住去路，甚至在安靜的病房區發狂般地鬼吼鬼叫，只是無論再怎麼咆哮躁動，依舊沒有任何人發現她的存在，她忽然好希望有人能衝出來打她罵她大半夜的吵什麼吵……

周遭不知何時沒了半點聲響，氣氛死寂詭異，賀小杏癱坐在會客室的沙發，無助地瞪著前方的液晶電視，螢幕是一片黑，黑色的螢幕裡什麼東西都沒有，更沒有與電視面對面的自己。

良久，她想著繼續耗在這裡也不是辦法，決定起身四處看看，於是一路從六樓住院病房晃呀晃的晃往其他樓層。

走到四樓電梯處時，賀小杏看見電梯口前有名穿著病服的瘦弱少年，只見他正雙手推著輪椅，緊咬下唇，倔強的面容坦露吃力，他想搭電梯，但下一秒電梯門卻緩緩準備關上。

「……咦？」

少年本打算放棄，卻見電梯門彷彿撞上了什麼東西而又緩緩彈開，他愣了愣，沒去多想，連忙奮力轉著輪子進入電梯。

賀小杏優雅地收回伸出的左腿，然後也跟著進入電梯。只是這時她突然有些納悶，她剛才無法碰觸到半個人，但卻能觸碰到電梯門？

電梯最後停在二樓，賀小杏也沒再多想，默默跟著少年走出，少年沒入某個轉角，回到屬於自己的病房。

這層樓設有兒童病房，氣氛同樣靜謐，若側耳傾聽，能隱約聽見細微的醫療器材運作聲和棉被摩擦的聲響。

賀小杏漫無目的地走著，經過一處繽紛五彩的兒童病床區，塗滿鵝黃色與石灰藍油漆的牆面貼著各種卡通人物，海綿寶寶、米奇米妮、辛普森家庭……幾張病床分別倚靠牆面併排整齊，多半的孩子都已進入夢鄉。不過倒數第二張病床上有個不睡覺的小弟弟，看似精神很好地數著天花板的滿天星星，病床頭上貼有蠟筆小新的壁貼，和他身上衣服是相同的圖案。

忽然，小弟弟的視線一轉，注意到正路過的賀小杏。

被一雙骨碌碌的大眼睛盯著看，好像隨時都會被吸進去，賀小杏霎時僵在原地，只好揚起手和他打招呼，還附帶一張自認和藹可人的兒童台大姊姊笑臉。

「呃……嗨？」

「……」小弟弟稚嫩的臉龐瞬間皺成一塊，接著下一秒，寧靜的兒童病房區響起一陣驚天地泣鬼神的嚎啕哭聲：「嗚啊啊啊啊啊！」

「寶貝怎麼了，媽咪在這裡，肚子又痛痛了是不是？」

「鬼……嗚嗚嗚，我怕怕！」

小弟弟哇哇大叫，滿臉通紅，肥肥短短的甜不辣手指不斷比向不遠處的飲水機，他的母親連忙將他攬進懷裡安撫，同時側頭往他指的方向望去，但那裡空無一人，也空無一物。

「不怕不怕，媽咪在這裡——」母親不以為意。

鬼？呃，不是吧，這小孩是看見她的臉才被嚇哭的嗎？而且那哭聲這麼淒慘是怎麼回事？賀小杏第一時間腳底抹油立刻逃走，儘管有股不甘心的怒氣無處發洩，又有種被冤枉的委屈只能往肚裡吞，為什麼會有作賊心虛的感覺呢，明明不是她的錯……唉，好吧，嚴格來說的確有一半是她的鍋。

她一路繞過幾個彎，途中又被幾個人穿越而過，最後等回過神來時，才意識到自己跑到更顯荒涼陰森的長廊尾端。

賀小杏蹲下身環抱住自己的膝蓋，這時有一名護理師從面前走過——她面無表情，卻默默伸出手試探性地想抓住對方的褲管……但不出她所料，什麼也沒捉到，又被穿過了。

賀小杏若有所思，視線往左偏，走廊是一片黑壓壓的死寂，讓她聯想到上星期看的那部驚悚片裡出現的場景；視線再往右偏，旁邊只有一座仿真的造景盆栽，幾乎遮蔽住了她的身軀。

她伸指隨意把玩了下葉片，整叢盆栽在這般寂靜之中很輕易就被摩擦出細碎聲響……剛才的電梯門、現在指尖捏著的假葉子，這讓賀小杏更加確信此刻的自己唯一能接觸的似乎只有無生命的物體了。

她眉頭深鎖，托著腮幫子，改盯著面前那張呼吸道衛生與咳嗽禮節的宣導海報，整個世界彷彿只剩下自己一個人。

賀小杏默默開始回想，自己剛才跑了這麼遠這麼賣力，卻一點也不會喘，腳也不會痠……

怎麼辦？

現在怎麼辦呢？

該不會從此以後就是這副鬼模樣了吧，再也回不去了嗎？那她……

對了！身體！

她原本的身體呢？

自己出了車禍，很有可能已經被附近的人發現而叫救護車送往醫院了，所以現在她才會出現在這裡……天外飛來的想法讓賀小杏瞬間眼睛一亮，她猛然站起身，決定要試著去尋找自己的身體。

她不禁欣喜若狂地想著，也許只要找到自己的身體，她就能恢復原狀——

「噢！」

然而，右腳才正準備跨出，冷不防地就撞上某個人的胸膛，賀小杏一時間重心不穩，倒退踉蹌了幾步。

人？

賀小杏抬眸，以她一百六十三公分的角度抬頭望去，緊急逃生門的小綠人散發出的陰森綠光恰巧掩蓋住對方的模樣，她看不清，下意識往前一步，面前取而代之的是來自窗外的朦朧月光，稍微驅散了晦暗。

儘管臉龐仍有一部分融入了室內陰影，但那雙墨黑的眼眸卻異常清晰閃爍，且正與自己四目相視。

是個人。

是個男人。

「終於找到妳了——」

聞聲，賀小杏錯愕又驚訝地瞪大眼，張口正想說什麼，男人卻突然伸手捉住她的手腕，輕輕將她整個人帶近自己，接著他頓了頓，像鬆口氣般，卻又抿起唇，唇瓣像金魚一開一合，一副欲言又止的模樣。

「你、你看得見我嗎？」她不可置信地反手用食指比了比自己，「為什麼你能看到我？這裡每個人都把我當空氣，只有小孩發現我的存在，你是誰？你能告訴我我現在該怎麼辦嗎——」賀小杏激動得反而用力抓住對方的手臂。

「我……妳、妳先冷靜下來。」

「我要怎麼冷靜？我都變成這樣——就好像我靈魂出竅了一樣！我還回得去我原本的身體嗎？怎麼可能有這種事……」賀小杏頭痛欲裂，「可是、可是既然你看得到我，表示……該不會其實你是天使還是什麼陰間使者，所以才要找我準備要把我帶走吧？噢天啊我真的電影看太多……我的死期就是今天嗎……雖然我承認我這張嘴得罪過不少人，但我好歹也沒殺人放火偷拐搶騙而且也不挑食，我今年才二十一歲而已——」

賀小杏的腦袋亂成一團，甚至無法控制地開始胡言亂語，一口氣吐了一堆問號，更加陷入恐慌混亂。

「妳放心，妳現在沒事……賀小杏，妳還活著。」男人出聲安撫，鬆開她的手腕。「妳在妳家附近的路口出了車禍，然後，等妳醒過來時妳發現大家都看不見妳，妳靈魂出竅了。」

捕捉到他話裡其中四個關鍵字，像吞下一顆定心丸般，賀小杏終於稍微冷靜了下來。

她嚥了嚥唾沫，還在消化自己真的靈魂出竅的事實……「不對——為什麼你會知道我的名字？」思及此，她納悶地又問。

「妳的名字，我從很久很久以前就知道了。」男人坦率回答，月光隨之漸擴曬亮了他的容貌，他穿著一身像是模特兒的白色西裝，墨黑的眸子彷彿鑲著星塵，是一個美麗的人。

賀小杏疑惑皺眉，緊瞅著他。

「很久很久以前？我們認識嗎？可是我完全不認識你。」

「對不起，是我害了妳。」

「為什——」

賀小杏還沒能釐清狀況，下一秒卻有股不知名的拉力將她往後扯，與此同時窒息般的不適感蜂擁而上，四肢與內臟彷彿瞬間被擠成一團，然後徹底粉碎，將她整個人完全吞噬殆盡。

恍惚間，她聽見有人正呼喚著她的名字。

那聲音很熟悉，她不久前才聽過，她認得、她認得這聲音……

「賀小杏！妳快醒過來！」

賀允丹的哭吼幾乎要震破她的耳膜，隨之而來的是急診室的躁鬧人聲。

躺在病床上的賀小杏艱難地掀開眼皮，映入眼簾的是亮白的炙光，令她一時之間頭十分刺疼，喉嚨發不出聲音，意識很模糊，右手食指勉勉強強能輕輕使力彎曲。

她的唇角極其小幅度的輕輕上揚，像是在安慰身旁的姊姊……放心，她還很頑強地活著，要她別再哭了。

以為漫長卻不過僅發生一剎那的靈魂出竅之旅宣告完結，賀小杏的靈魂順利回到了自己原本的肉體，意識也在真正的現實世界中甦醒。

❀

前天晚上發生的一切彷彿是一場不可思議的夢。

「靈魂出竅？」

「真的，是真的，彭莉妳一定要相信我。」賀小杏臉上寫著大大的認真兩字。

「這……妳確定嗎？是不是只是妳在做夢而已？」

賀小杏肯定自己的確靈魂出竅了一段時間，雖然對於這件事她只有斷片的記憶，依稀記得自己去了幾個地方，貌似遇到幾個人，畫面太模糊了，他們究竟是誰呢，卻再也無從得知。

除了賀小杏自己外，其他人聽完後都一致覺得是她受到的車禍衝擊太大而造成陰影，所以把現實與夢境搞混了，毒舌一點的人則風涼地說她是撞到電線杆傷到了腦子才在那邊胡思亂想說瘋話。

例如阿信。

「哎，我看妳吼，再回去多住院幾天比較保險。」一旁正用電腦剪片的阿信呵呵訕笑。

「妳不說話沒人把妳當啞巴，小心我退妳訂閱。」賀小杏的臉很臭，瞪了她一眼。

「反正不管是不是真的靈魂出竅，幸好妳一切平安，就叫妳平常別騎這麼快，妳以為妳是在演玩命關頭嗎？」彭莉無奈地掃了她一眼，昨天下午去探病時也忍不住唸了她好幾句。

「我那時在路口時速才四——呃、三十耶，還不都是因為突然有野貓衝出來，才害我嚇到跌倒。」賀小杏委屈地為自己澄清。

當時包紮檢查完後，除了手腳擦挫傷外還有點輕微腦震盪，為了安全起見，醫生建議賀小杏要留院一天觀察情況，於是她也趕緊聯絡店長告知自己明天臨時得請假，店長說沒事，要她好好休養。

而隔天下午，和賀小杏除是同學也是同事的彭莉與店長交接完後，一下班便與阿信趕來醫院探視。

那時賀小杏才剛睡醒，一見彭莉挨在床邊，梨花帶淚，腦鈍鈍的她還白目開玩笑說：「妳哭成這樣，我還以為我已經不翼而飛了。」

豈料話才剛說完，平常個性溫軟的彭莉對賀小杏發了好大一頓脾氣：「妳是不是白癡啊！都傷成這樣了妳還在開玩笑！」

彭莉又哭又罵，接下來整整一個鐘頭都沒跟賀小杏說話，反而還是平常專門跟賀小杏吵架的阿信充當和事佬，她才消氣。

賀小杏與彭莉是高中死黨，上了大學後認識同班的阿信，以年紀來說，阿信是最大的，而賀小杏比彭莉大五個月，但平時最像姊姊般照顧大家的都是彭莉。

三人感情要好，儘管平時總吵鬧鬥嘴，但關鍵時刻仍第一時間到場，永遠將好友放在心上。

「欸不過啊，我看了當時的監視器畫面，那隻貓在路邊好端端地怎麼就突然跳起來衝出去？」阿信邊說邊摩挲下巴，「有點怪……」

「有些小貓小狗不很容易被嚇到嗎？唉！煩，那隻臭野貓要怎麼賠我一台機車！」賀小杏欲哭無淚，造成這一切的罪魁禍首都不知道跑去哪逍遙了。

她的機車幾乎壽終正寢，上個月好不容易才把車貸繳完，這下全都白繳了，住院那晚一想到這個氣得她只能咬棉被洩憤，卻又不小心弄疼了傷口，但至少除此之外身體沒有其他太嚴重的傷害，平安無事，算是不幸中的大幸，真得好好感謝菩薩保佑。

「算了啦，就當花錢消災，總之人沒事就好，以後騎車小心一點。對了，那妳這樣今天晚上還要去打工嗎？」

賀小杏搖頭，「現在這樣搬貨也不方便，店長有傳訊息給我，她說反正今天她是全班，看我要不要直接用特休，不過我想到我還剩幾個小時的補休，就乾脆把剩下的時數先抵銷掉。」

「好喔，反正我今天也沒事，等等可以陪妳騎回家——」彭莉話說到一半，突然定格，臉色頓時有幾分尷尬，她拍拍賀小杏的手背，示意道：「莊亦誠來了，在學餐大門那裡，啊，他走過來了……」

聞言，賀小杏垮下臉，本以為他終於甘願放棄，還慶幸著總算能擺脫這陣子那些「過度關心」的騷擾，沒想到一切都是錯覺——

賀小杏煩躁地抓抓頭，一把掃過彭莉擺在手邊的檢定參考書並攤開蓋住自己的頭，乾脆趴下打算當縮頭烏龜眼不見為淨。

「小杏，妳還好嗎？」莊亦誠的聲音近距離響起，語氣十分溫和。

「……」埋首躲避的賀小杏僵硬了幾秒，最終還是只能抬起頭。

「這給妳。」莊亦誠遞給她一條消疤霜。

賀小杏只是眼睛看著，手頑固地擱在腿上，老實說她並不想拿，但莊亦誠懸在半空中的右手絲毫沒有放下的意思，於是她無聲嘆息，只得收下，儘管她知道她始終不會打開這條消疤霜。

「……謝謝。」她將消疤霜收進包裡，本以為乖乖收下後莊亦誠就會離開，豈料他竟擅自坐進她斜前方空位，她正對面的阿信一臉問號，與她面面相覷使眼色。

莊亦誠面不改色地微微笑，對賀小杏說：「妳這陣子行動上應該會不太方便吧，需要幫忙嗎？」

「沒關係，不用。」

「別跟我客氣，我以前也不小心摔車過，我懂那種痛，我可以載妳。」

「我還能走，只是擦傷而已，沒什麼大不了。」

「真的嗎……沒關係的喔，我可以載妳上下課，或是去打工也可以，我都順路，我也可以去妳家載妳——」

「真的不用。」

「但妳的車不是壞了嗎？」

聞言，賀小杏本下意識想問「你是怎麼知道的？」只是這樣下去肯定沒完沒了，她更想盡快讓對話結束，於是回：「我已經跟我姊借機車了。」

「妳還傷著，這樣騎車會不會太麻煩？」

「不會。」

「沒關係，只要妳有需要，隨時都可以聯絡我，去妳家載妳也沒——」

「莊亦誠，謝謝你的好意，我心領了，但真的不用。」賀小杏的忍耐瀕臨極限，她勉強牽起嘴角，皮笑肉不笑。「你明知道我已經拒絕你了，你可不可以不要再一直對我好了？其實這樣真的讓我覺得……很煩。」

聞語，莊亦誠瞬間面色鐵青，從最初的無害笑容最終轉變成無地自容。

對於賀小杏毫不留情地打槍，他滿臉尷尬，抿著唇，手不自覺握緊，順勢將拳頭又埋進桌下，接著猛然站起身，椅腳與地板摩擦發出一陣刺耳聲響，紛紛引來周遭同學的怒瞪。

「妳……保重，藥記得擦。」莊亦誠說完後便頭也不回地離開學生餐廳。

賀小杏將被她拿來當擋箭牌的參考書還給彭莉，如釋重負地吐了一口氣，卻又想起他臨走前那副狀似委屈的模樣，不知情的人說不定還會誤會是她欺負他呢，思及此，她無奈無力地又趴回桌面。

「莊亦誠他怎麼就這──麼喜歡妳啊？我跟他不算很熟，但他的異性緣應該也不算差，沒必要執著妳一個人啊，像小凌好像就蠻喜歡他的……喔就是上次廢墟夜遊那個中文系的女生，當時也是她揪他來的。」阿信將檔案存檔，隨口一提。

「我也不知道，我根本不曉得我身上到底有哪一點值得讓他喜歡。」賀小杏額頭抵著硬梆梆的桌面，哀怨纏著沉重的悶意，「啊，煩死了……」

賀小杏與莊亦誠認識的開端，是在一年前的一場系上活動。

活動當天他們在休息空檔稍微聊了些，賀小杏很快就感受到莊亦誠是個幽默風趣的男孩，就如同其他人口中對他所形容的評價。

其實賀小杏與莊亦誠雖然同系，卻從沒有過任何交集，直到這次活動偶然被分配到同一組，之後又透過同為是賀小杏的高中死黨、莊亦誠的國中三年同桌彭莉的引薦介紹，他們兩人才逐漸有了交集。

賀小杏與莊亦誠各自的好友圈有部分重疊，所以除了在學校外，其餘三不五時會見到彼此，他們曾一起吃過幾次飯、看了兩場電影、去了一場展覽……只是嚴格說來，共同行動的次數十根手指頭便算得出來，且幾乎每一次都是一群人。

唯一一次只有兩人單獨的情況是約半年前左右，他們曾一起去看了場棒球比賽。

賀小杏平時喜愛觀賞運動賽事，特別是棒球，莊亦誠某日突然主動遞了張職棒球賽的門票給她，靦腆笑道自己其實也有在關注但從沒到現場參與過，所以想邀她一起去看，當時賀小杏爽快地說好，主要是因為她是這場賽事其中一隊的球迷，也想著自己其實也好段時間沒去現場熱血一下了，於是便收下門票，隨後也將自己那份票錢給他，儘管莊亦誠當下沒有要收下，且並說是他要請她看的，但最後仍敵不過賀小杏的堅持。

後來過了一陣子，莊亦誠主動傳訊息給賀小杏的次數異常增多，經常就是天外飛來一句「吃了嗎？」、「在做什麼呢？」又或者曾有幾次聚會，莊亦誠幾乎無時無刻都黏在她身側，再加上他時不時無微不至的過度關心，這些都讓賀小杏很難不裝做若無其事。

很快的，她靈敏的直覺果不其然正中紅心。

三個月前某次學校活動結束後，賀小杏獨自走往公車站搭車，離峰時段車內乘客不多，而她才剛入座，抬頭便發現莊亦誠也刷卡上車了。

他自然而然坐進她身旁的空位，伴隨著那張招牌的爽朗笑顏，他說他的車送去車廠保養，所以這星期都是搭公車通勤。

兩人有一搭沒一搭說著話，雖然多半是莊亦誠過於熱衷地問、賀小杏禮貌性地答。

隨著車輛停停走走搖搖晃晃，賀小杏不自覺懶懶地將腦袋靠往玻璃車窗，她一直有個小毛病，每次搭公車總會暈車甚至嚴重時還有反胃感，儘管路途並不遠——此時也亦是，這樣的暈眩感十分不好受，於是她打算若無其事地結束對話，想要閉目養神……然而莊亦誠卻突然向她告白了。

雖然心裡隱約有察覺異樣，但沒料到會來得如此突然。對於莊亦誠，賀小杏僅僅只是把他當成一個普通朋友，很普通、很普通的朋友。

於是賀小杏選擇堅定而委婉地拒絕他的告白，而莊亦誠卻彷彿已預料自己會被發好人卡，他只是依然掛著笑容，對她臉上明顯的尷尬選擇視若無睹，豁然道：「沒關係，我會努力到讓妳喜歡上我為止。」

這樣近乎傻氣的告白宣言在某些情況下或許會有點浪漫，可賀小杏聽了後絲毫沒有任何情緒波動，停頓的留白顯得格外僵硬諷刺。而這時前方有位乘客按了下車鈴，與此同時也不知是恰好或刻意，莊亦誠語調輕鬆地說他的站到了，改天見，隨後便也下車了。

接著又過了一陣子，莊亦誠又再一次對她告白。

賀小杏面無表情看著站在面前的莊亦誠，他始終微笑著，猶如他身後那顆炙熱烈陽般，太過耀眼，也太過刺眼。

賀小杏無聲嘆息，語氣不冷不熱，在一切尚未崩塌之前，雖然內心無奈但不想傷害他，平和說道：「莊亦誠，謝謝你喜歡我，可是我上次已經拒絕你了。」

當時的賀小杏以為她再次慎重拒絕他的告白後，莊亦誠便會就此放棄，豈料他卻瞬間收起原先爽朗真摯的笑容，苦著一張臉，委屈地像是在懇求：「小杏，我真的很喜歡妳，給我一次機會，讓我試試看——」

啪的一聲，賀小杏的理智線當場硬生生被他的死纏爛打給砍斷，然而事到如今她才發現到一切都太遲了。

她的疏離遠來不及他愛情沸騰的速度。

賀小杏已明確拒絕他的情意，但莊亦誠卻像是耳朵關機似的，宛如著魔般地繼續猛烈追求，他三不五時釋放好感趁機告白，她則軟硬兼施，被告一次白就打一次槍。

起初賀小杏考慮到彼此的好友圈重疊，不想牽連無辜的好友，所以選擇以愛理不理的態度對待莊亦誠，希望可以多少消磨他的頑固，讓他有自知之明。

然而後來非但沒有半點改善的跡象，甚至變本加厲，莊亦誠的一廂情願已經走火入魔到令人厭惡的境界，無論是微小的噓寒問暖甚至是到誇張的告白排場都有過——

於是到最後，賀小杏什麼都不想再顧慮了。

「對了，所以為什麼莊亦誠會知道我車壞掉——」賀小杏猛然坐起身，都忘了必須得找某人興師問罪……她犀利的目光審視那位已有自知之明的嫌疑犯，她瞇眼堆起笑，咬牙切齒：「彭、莉——」

彭莉立刻雙手合十一副求饒貌，表情真誠，語氣無辜：「對不起啦，就中午我去上廁所的時候，莊亦誠剛好從旁邊男廁出來，結果他就逼問我妳發生什麼事了……」

「唉唷唷，真的是豬隊友哪……啊、痛！」阿信一如往常發揮她的毒舌調侃，結果左小腿被賀小杏狠狠踢了一腳。

「沒事啦，我只是跟妳開玩笑。」賀小杏強調，「我知道妳其實也蠻為難的，畢竟他也是妳的朋友。」

彭莉苦笑，「雖然莊亦誠是我的朋友，但妳更是我的好朋友，像他這樣對妳死纏爛打我怎麼看得下去？」

「但講認真的，俗話說知人知面不知心，小杏妳多少還是注意一下自身安全，電視新聞不是偶爾會報導嘛，關於恐怖情人的事件，那種既然得不到妳就乾脆毀了妳的情況在這個社會層出不窮……」阿信難得收起玩心，神情格外嚴肅正經，有些擔憂地提醒。

彭莉也點頭。「我也覺得阿信說的有道理，雖然莊亦誠應該……應該不至於會敗壞成那樣，但小心一點總是比較好。」

「妳們放心，我會好好保護自己，我都一個人生活這麼久了，早就練成滿等的警覺心了，沒什麼好怕的。」賀小杏一派輕鬆地拍拍自己的胸脯，咧嘴一笑，骨氣地說道。

然而直到後來，賀小杏才真正意識到，阿信的擔憂的確是超前部署，彭莉把莊亦誠想得太善良了，而她，則是對自己太過於有自信了。

❀

天色漸暗，夜幕低垂。

機車停妥於屋簷下，賀小杏脫下安全帽擱在機車踏板，隨後從背包掏出鑰匙轉開家門。她摸黑打開牆上的電燈開關，寂靜的客廳一瞬間被照得亮晃晃。

賀小杏手腳有些僵硬地一屁股跌進沙發，吁了口長氣，環顧四周熟悉的擺設，昨晚出院後就直接被載去姊姊家了，算算明明只是兩天沒回到自己的家，竟有股久違的懷念感——但當瞥見一旁前天出門前因見外頭飄雨了而匆忙收進屋裡的，那一團早已皺巴巴的衣服，那點感嘆的心情就蕩然無存了，啊……好累，不想摺。

呆了好半晌，賀小杏才甘願到二樓浴室洗澡，平時包含卸妝保養等等步驟平均只花十分鐘便能解決，而此刻礙於手腳傷口還未癒合甚至有些發炎，一沾上溫水，隨之而來的就是一陣痛徹心扉的戰慄，還必須心理喊話加上幾次咬牙忍耐，於是出了浴室已是半小時後了。

賀小杏換上居家服，平常習慣穿長褲，現在她刻意套上短褲好方便換藥。

接著她隨手將客廳角落的小桌子上那一顆外型簡約的乳白色香氛蠟燭點燃，這是她偶爾的習慣，彭莉笑稱這是她的儀式感。

相較店裡其他款蠟燭，這顆蠟燭的銷售數字慘不忍睹，是一個不被寵愛的孩子，但她一聞鍾情，那個月領了薪水就把它買回家。

金黃色的小火苗靜靜燃燒，淺淺淡淡的薰衣草香不著聲色地在屋內迴盪、迴盪，屬於夏夜的蟬鳴穿透紗窗悄悄鑽了進來，外頭徐風吹過，空氣中難得沒有炙夏特有的悶膩感。

賀小杏打開電視機，隨機轉了一台新聞頻道，同時從醫藥箱裡取出幾根棉花棒和優碘，她把其中一隻小腿架在桌面，待傷口附近的水分乾燥後，開始換藥。

棉花棒碰觸傷口的瞬間是沒什麼感覺的冰涼，兩秒鐘後直鑽心的疼意像荊棘向外擴散，她忍不住皺眉，下意識地頻頻抽氣：「痛痛痛……」

『究竟，是不是真有靈魂出竅這種事呢？我們先進一段廣告，馬上回來——』

賀小杏其實無心於電視節目，純粹只是想讓這座空間加入一些不大也不小的背景音，而此時聽見某個敏感的關鍵字，她下意識抬眼，但畫面已換為汽車廣告，她不由自主又想起關於自己靈魂出竅的事。

賀小杏拆開一塊乾淨的紗布，想著、想著，有些分神，結果沒注意優碘擺得太靠近桌緣，小腿一不小心碰上，瓶身一斜，她心一驚，正想伸手接，卻已來不及——

然而，此時此刻的她卻眼睜睜看見有一雙大手妥妥地將優碘接住，接著她視線愣愣地順著往上看，映入眼簾的是一個人……一個男人。

一瞬間，賀小杏大驚失色。

「……你、你誰啊！」她被嚇到了，慌亂地下意識就往旁邊躲，卻被桌腳絆了下，碰的一聲直接順著沙發扶手滾下去。

但她又火速起身，無視混亂中不小心壓到傷口引發的疼痛，一把抄起沙發下的一根木製球棒——某年聖誕節她嫌這根交換禮物抽到的球棒佔位置，索性塞進沙發下眼不見為淨，沒想到此時此刻竟派上用場了！

「——妳還好吧？」

「先生！你擅自闖進我家幹麼，離開！」幾乎是同一時間，賀小杏驚恐萬分地低吼，整個人像隻炸毛的貓，眼神犀利凶狠，渾身充滿警戒，雙手死死地抓著球棒保護自己。

太奇怪了，她明明一向都會謹慎地將門窗鎖好……該死！這傢伙究竟是打哪冒出來的？

「我沒有要傷害妳的意思，請先聽我解釋——」

「私闖民宅還要主人先聽你解釋？有沒有搞錯。」賀小杏皺眉，只覺得荒唐可笑，然後又伸手迅速抄起沙發上的手機，手指卻顫抖著遲遲無法解鎖螢幕報警，而就在按下撥打鍵的前一秒，男人卻接著說了——

「三天前的晚上，我們在醫院走廊見過面——妳靈魂出竅的時候，還記得嗎？」

男人說著，並輕輕地將優碘歸回原位，半舉起雙手，像乖乖投降的犯人，甚至還倒退三步與她拉開更遠的距離。

指尖霎時一頓，賀小杏瞪大眼，不可置信地盯著他。她遲疑著，而這瞬間，那些斷片的記憶猶如磅礡雪花胡亂紛飛，攪亂了她所有思緒，令她頭痛欲裂……

那一天，那個不可思議的夜晚，她曾遇見一個人，那個人有一頭醒目的焦糖色捲髮，肌膚在斑駁月光下如白瓷一般，墨黑色的眼眸與此刻相視的瞳孔如出一轍，那個人還說：「終於找到妳了。」

「妳的名字，我從很久很久以前就知道了。」

「很久很久以前？我們認識嗎？可是我完全不認識你。」

「對不起，是我害了妳。」

「你知道我靈魂出竅？你到底是誰？」賀小杏質疑中帶著不信任，眉頭皺得更深了。接著她又嚥了嚥唾沫，想著她所碰見的那些奇妙的「親身經歷」，實在很難不讓她往這個方向思考，於是她喃喃又問：「你是……『人』嗎？」

她緊盯著面前這個看上去年紀約二十八、九歲的男人，他默默放下雙手，語氣平和，開始自我介紹：「我的名字叫作歐墨，歐是歐洲的歐，墨是墨水的墨，是這棟房子的守護神，或者……也可以說是人們口中俗稱的『地基主』。」

「……」

賀小杏抽了抽鼻子，啞口無言。守護神？地基主？

方才短短幾秒的空白間她曾想過數種回答，就是沒想到最後聽見的是這種奇葩的答案。

荒誕至極。

「我知道一時之間很難讓人相信，不過我沒有說謊。」

真是荒唐，用嘴巴講講誰都會。賀小杏的語氣帶著幾分挑釁：「好啊，既然你說你是……嗯，守護神？那麼身為神，應該多少有什麼超能力吧？那你就證明給我看。」

歐墨聽了只是沉默幾秒，隨後視線往右一瞥，輕輕抬起食指，修長指尖懸在半空指向某處，賀小杏順勢望去，正納悶之餘，卻眼睜睜看著角落那顆原本正燃燒著的蠟燭瞬間自動熄滅。

她愣了愣，心想：這是在變魔術嗎？

歐墨見她目瞪口呆的表情，唇角微勾，接著將上一秒才剛熄滅的蠟燭又重新點燃……果不其然，她又明顯頓了下，半信半疑，甚至傻氣地揉了揉自己的眼睛。

「我不是妳腦中想像的那種強大的神，我能做的只有這樣，我住在這裡很久很久了，所以當時在醫院我也才會說知道妳的名字，不相信的話……還有，例如我知道妳們全家是在妳三歲那年夏天搬來的，那天妳也是抱著這隻泰迪熊第一個衝進來。所以，現在妳應該可以稍微相信ㄨ——呃，嗯？」

歐墨說著說著，卻見賀小杏開始小心翼翼朝他靠近，接著冷不防舉起手中球棒，遠遠地像探險家在叢林深處發現什麼珍奇異獸般往他的胸口……輕輕戳了兩下。

戳！得！到！

竟然戳得到！她本以為會像想像中那樣穿透過去，原來是實實在在的軀體嗎——

「……」瞧見賀小杏微妙的小表情，歐墨只能滿臉無奈，伸指推開胸前的球棒。「妳有在認真聽我解釋嗎？」

然而賀小杏卻只是沉默不語，眉頭緊皺，表情顯得有些複雜又有些崩潰，完全無視一旁歐墨的存在，試圖重新整理所有的線索。

當她是靈魂出竅的狀態時，她的確見過他；而現在，他又莫名其妙出現在眼前，再加上他當時在醫院以及此時此刻所說的話……不可能，這一切都太剛好了，但是、但是這一切又都是真實發生的，所以——

「所以你真的不是人，是鬼——」

「我不是鬼，是房子的保護神，是神……唉算了。」

「天啊，我真的要瘋了。」賀小杏抱頭驚嘆，目光定定地直盯著歐墨。而歐墨雖知道她好奇，但被這如此緊迫又銳利的眼神追著，竟覺得有些僵硬不自在……

「那所以你當時說是你害了我，這句話是怎麼回事？」

賀小杏猛然想起這件事，出聲質問，下一秒卻見歐墨默默別開視線。

「該不會，就是你害我出車禍的？」她大膽猜測。

「……」

「……真的是你？」

歐墨半尷尬地堆起笑，正想誠心誠意地解釋，面前女孩的身後卻彷彿有一團烈火正熊熊燃燒，整個人氣焰高漲，明明比她足足高上一顆頭，他卻覺得自己瞬間被縮得渺小無比，像浮游生物即將被一條巨大藍鯨吞食殆盡。

「是我，但——嗯……應該算是間接。」歐墨故作正經地輕咳兩聲，開始解釋來龍去脈：

「那時我正在附近散步，遇見一隻橘貓，我只是單純想逗逗牠，結果牠被我嚇到……我發誓我絕對沒有要嚇牠的意思，總之牠突然就往路口衝了過去，而妳就這麼剛好騎了出來……我良心過意不去，跟著到了妳被救護車送去的那間醫院，卻發現妳靈魂出竅了，我找了妳很久，只是想確認妳是否平安，還好最後在走廊找到妳……後來，就像妳知道的那樣了——抱歉。」歐墨再次向她道歉，滿滿的愧疚宛如千萬噸的重量壓在他肩上，他的表情也顯得更無辜可憐了。

而聽完他這落落長的一段誠實自白，賀小杏再度目瞪口呆，呆了數秒，她簡直要原地爆炸——

「原來真正的凶手就是你！害我這兩天洗澡都痛死了，如果以後留疤了你要怎麼對我負責！而且還害我白白報銷一台機車，我才剛繳完車貸欸！」

一想到那台壽終正寢的寶貝機車她就肚子一把火點燃，管他是人是鬼還是神，她火冒三丈地掄起拳頭乾脆上前爆打歐墨洩憤。

「妳、妳冷靜一點，所以那天晚上我就立刻向妳道歉了嘛！」

「道歉有用的話那還要警察幹麼！」賀小杏完全失控了。「你知道摔成那樣有多痛嗎，連覺也不能好好睡，真的超痛！我要瘋了我要瘋了我要瘋了！」

「對不起……噢、噢噢噢！請不要動我的頭髮！不——」

混亂了好半晌，人高馬大的歐墨雖然毫髮無傷，但頭髮被弄得亂七八糟，而賀小杏眼裡的殺氣還未退，氣喘吁吁，面頰通紅——被氣紅的。

如今，即使抓到真正的罪魁禍首卻也無濟於事，因為凶手不是人……賀小杏欲哭無淚，這一切發生得實在太荒謬了。

不過，既然歐墨說他是這棟房子的守護神，而她現在的的確確看得見他，這就表示她有陰陽眼？該不會是因為那天晚上的靈魂出竅的緣故，所以不知怎地自己就莫名其妙變成靈異體質了？荒唐。

太荒唐了。

沉澱片刻，終於恢復冷靜後的賀小杏一屁股倒回沙發。「那，你是因為罪惡感，所以現在才刻意現身在我面前嗎？」

歐墨一臉老實，點點頭。「剛才只是看那瓶優碘快掉下去，忍不住就想幫妳。」又聳聳肩，傻氣地笑道：「算是贖罪？」

「這點程度就想贖罪，還差得遠！」賀小杏毫不憐憫地凶狠吐槽，那根球棒被她甩過半弧架在左肩，整個人像極了到處為非作歹的小惡霸。

「開個玩笑嘛。」

她呿了一聲，駝著肩，雙肘抵著兩腳膝蓋，指尖把玩著倒吊的球棒，像鐘擺般有一搭沒一搭地晃著，她盯著看，表情也若有所思……直到幾秒鐘後才又抬起頭。

「呃，歐墨……我還有一個問題。」她啟口。

「什麼問題？」

「你……一定要待在這裡嗎？」賀小杏說著，示意性地伸出食指比劃著四周圍。

歐墨聞言，卻僅是看著她不回答。

賀小杏莫名納悶，只見他眨了兩下眼睛，眉宇微彎，表情無辜無害，看起來就像一隻被遺棄在臭水溝的小狗……等等，為、為什麼？

「小杏，妳會怕我嗎？」歐墨反問。

「不是，我不會怕你。」賀小杏搖搖頭，這是他預料之中的回答。接著她又彆扭地說：「我只是覺得這樣很奇怪，家裡忽然多出一個人……你沒別的地方可去嗎？」

「我就住這裡呀。」歐墨理所當然地說，下一秒他卻想想不對，她這句話別有意味，於是他的表情顯得有些可憐兮兮，不服氣地又補充：「論先來後到的規則，妳住在這裡十八年，我早了妳至少十年，所以妳不該企圖趕我出去——」

賀小杏莫名被他這一段話堵得啞口無言。天啊，真可怕，他竟然還知道她住在這裡十八年——

「妳真的想趕我出去？」

「呃……其實你說成『趕』，這有點太難聽了，我是委婉地想詢問——可以嗎？」

「哇……真過分，我明明住在這裡的時間比妳久比妳早，甚至從我以前還是人類的時候就住在這裡了——」

「……好、好，我懂了。」再爭下去真的不用睡了，賀小杏難得舉白旗認輸。「那，我走。」

於是她將電視機關閉，稍微收拾了下滿桌狼藉，若無其事地提起醫藥箱——然後下一秒逃亡般地咚咚咚跑上二樓將自己鎖進臥房。

後來，賀小杏把身體縮成一團躲在棉被裡，將自己包得密不透風，房內寂靜無聲，整個世界彷彿也被按下靜止鍵，唯獨左胸口的心臟依然運轉。

她幾乎失眠了整個夜晚，明明想睡，卻睡不著，心浮氣躁的心跳聲是唯一的搖籃曲，直到天色轉為魚肚白之際，她才終於朦朦朧朧地陷入沉睡。

Chapter 02・神明室友

地、基、主——Enter。

眼皮底下浮著兩抹黑眼圈的賀小杏持著手機，指尖在瀏覽器搜尋欄位鍵入「地基主」三字，不到一秒鐘時間，各種相關資料密密麻麻地刷進眼簾。

根據網路上的資料顯示，所謂地基主指的是「房舍、住宅的守護神」的俗稱，在臺灣是一種普遍性極高的民俗信仰，每逢農曆新年、中元節等特殊節慶，為感謝家中地基主的保佑，許多人都會準備菜餚祭拜，除了一般住家外，不少公司行號也同樣會祭拜，以祈求業績穩定、營業順利。

關於地基主的信仰起源流傳著眾多說法，在現代最廣為人知的說法是——以前曾在這片土地生活卻無嗣而亡的孤魂留了下來，進而變成保護住宅的守護神。

賀小杏對這項民間習俗並不全然陌生，小時候每年除夕中午，爸媽便會將一張桌子扛至家後門，方向由外朝內，從最前端開始分別擺了香爐、蠟燭、斟了米酒的小酒杯、幾綑金紙、幾支香、兩枚等會兒用來擲筊的錢幣，和幾道有肉有菜有飯的菜餚。

記得某年兒時的自己還曾問過媽媽為什麼要拜拜，媽媽當時邊接過她手裡的香替她插進香爐，邊回答：「因為要感謝家裡的神明一直都保佑我們平安健康呀。」

關於地基主的外表、年紀甚至是性別在網路上也有相當多討論，有不少人說地基主的個頭十分嬌小，就像孩子的模樣，因此祭拜的桌子高度通常為一百到一百三十公分，也有一派說法為地基主的體型是又高又瘦的，體型甚至逼近屋頂天花板——閱讀至此，賀小杏腦海默默浮現出那個美麗的陌生人，還有他說他叫歐墨……天啊，她的腦袋簡直要亂成一灘爛泥。

接著她又找了幾篇，看見有人提到地基主都長得不一樣，會根據每種屋宅有所變化，但其實眾說紛紜，沒有人知道真正的答案。

賀小杏隨意點進某個以討論恐怖靈異為主的社群論壇，發現有不少關於地基主的文章，有些是以此為元素的自創故事，有些是來自網友親身經歷或從親友那兒得知的分享文。

『needlatte：以前剛出社會進新公司壓力超大，某次下班我累到不行只能泡泡麵，等水滾的時候我在沙發休息結果不知不覺打瞌睡，睡到一半感覺有人在踢我的小腿，還踢了兩三下，我被吵醒，才想起我還在煮泡麵，我立刻衝到廚房一看發現火竟然熄了，而且都是瓦斯味，幹我嚇瘋XD』

『sleepcat0514：N大也太驚險，還好你有醒來！』

『rivaisaikou：如果真的是地基主出來踢你的話，過年拜拜時必須要多加幾道菜了唷哈哈哈』

『loveiuuu：我媽跟我說我大概小班年紀時，曾自己躲到當時拿來當儲藏室的房間玩，結果沒多久就看到我衝出來，還撞到樓梯扶手，鼻樑全是血，哭著說裡面有人，他們猜可能是家裡的地基主想跟我玩。』

『iamjc630：樓上的怎麼有點可愛，但好痛……』

「不要邊走邊滑手機啦，妳在看什麼看這麼認真？」耳畔冷不防飄來一道聲音，賀小杏肩膀抖了下，才意識到自己落了前方的彭莉與阿信好幾步遠。貼在右邊的彭莉偷看她的螢幕。「媽佛版？妳竟然會看，我完全不敢點進去。」

「就……突然有點好奇。」賀小杏只是嘿嘿一笑，若無其事地把手機收回口袋。

「欸我車今天停比較遠，我等等直接騎去出口等妳們喔。」阿信對後頭的兩人說完後便先行往更深處的停車場走去，在成山成海的車群中尋找自己的機車。

校園裡的空氣裹著潮濕，午後的豔陽炙熱毒辣，幸好地下停車場還存有一絲涼爽。

這時段是上課時間，停車場沒什麼學生，只有一台明顯改裝過的機車從賀小杏身側快速掠過，後照鏡差點擦過她的袖子，轟的一聲飆上出口斜坡駛離，引擎最後的餘音徹底消散後，整層空間出奇的寂靜。

「唉……真的很討厭改裝排氣管的人，根本製造噪音。」彭莉面露厭惡。

「我也是——」賀小杏也蹙眉，感同身受，而此時話語剛落，餘光卻猛地瞥見有抹白影以極其飛快的速度在昏暗一隅一閃而過。

賀小杏下意識偏頭朝那方向望去，目光所及之處只有略嫌老舊的室內消防栓閃著要亮不亮的紅光，彭莉好奇地問她怎麼了，賀小杏回過神般地眨眼，搖搖頭表示沒事。

賀小杏將機車鑰匙插進鑰匙孔，把背包扔進車廂。她平常習慣停在前段第三排靠牆的倒數幾個位置，到校時間差不多的彭莉偶爾也會停在附近，有時兩人甚至剛好停在同一排，例如今天。

「對了，妳請假那一天那位陸小姐有來櫃上。」彭莉扣上安全帽扣環。

「陸小姐？噢，妳是指『那位陸小姐』嗎？」賀小杏心有所指。

彭莉有些疲倦地點頭，語氣藏不住無奈：「我幾乎快把倉庫所有蠟燭跟擴香都搬出來了，還好那天店長也在，果然這種比較龜毛強勢的類型，還是經驗老道的店長能擺平……妳到底在看什麼啊？」

彭莉見賀小杏聽到一半忽然眼神游移，甚至眉頭皺得很深，於是她納悶地跟著轉過頭探頭探腦，但後方空無一物也空無一人。

「噢，沒有啦，我剛剛只是好像看到一隻貓。」

「貓？在哪？跑掉了嗎？」身為家有七貓的貓奴彭莉眼睛一亮，忍不住就想下車尋找。

賀小杏暗自埋怨自己的嘴連這樣都能出紕漏，連忙又補上一句阻止她的行動：「嗯，牠跑掉了啦。走吧，不然阿信又要碎碎念了，好熱喔，等等來去吃剉冰。」

她絕對不會老實跟彭莉說，其實剛才根本不是什麼貓跑過去，這是善意的謊言，請原諒她。

方才在距離她約十台機車的位置，那處無法被氣窗戶外光照到的小死角，比其他地方都還陰暗，那兒沒有放置任何雜物，她卻看見有個似人非人的白色影子正突兀地「站」著，一動也不動，那塊死角彷彿被地下室的塵埃籠罩，以至於灰暗之中模糊得無法探究清楚。

面對這樣的情況，賀小杏儘管還難以消化，卻隱約心知肚明。

❀

隔天是一如往常的上班日，賀小杏手腳的傷口已經開始慢慢結痂，但結痂的過程才是煎熬的開始。

這天的上班時間是從下午兩點到晚上九點四十分，她一如既往提早十分鐘抵達，準備從B2搭乘員工電梯前往二樓。等待電梯時她將印著自己名字的名牌別在左胸前，這時有兩名化著精緻妝容的櫃姐也站在一旁等待，而電梯才正要從八樓向下，於是她百般無聊地開始滑起手機打發時間。

「……鬧鬼？真的假的啦，怎麼可能，該不會妳是要說什麼哪層樓的某間廁所每到午夜就會有沖水聲吧？」

「才不是，是聽說之前曾有櫃姐打烊後正要下班時，突然隱約瞄到對面櫃的更衣室前有一團小小的黑色影子飄過去，是我同事前幾天跟我說的，花風這塊地以前不是有鬧出意外嗎？還上新聞，好像後來還發生過命案欸，怎麼感覺有點不吉利。」

「嘶……應該只是眼花而已吧，那都幾年前的新聞了，妳才剛來一個月，搞不好妳同事是想故意嚇妳喔哈哈。」

「哪可能啦，她也超怕耶。但妳不覺得有時候中控室都太快就把樓面的燈關掉嗎，黑到幾乎伸手不見五指，而且大家都趕下班走超快，上星期五那天因為有閉店客所以我很慢才收好東西，結果一抬頭就發現四周都沒人了，跟白天對比下來落差很大，真的超暗超可怕……」

叮！

電梯門在此時打開，一樓到了，兩名櫃姐徐步走出，話題已換成某彩妝品牌這個月新上市的唇釉。

賀小杏有些心不在焉地盯著電梯裡ＬＥＤ光板的向上箭頭，如果是幾天前的她，大概會覺得不過只是自己嚇自己，甚至搞不好會對她們誇張的反應感到有些可笑，而如今的她卻也跟著產生懷疑……強烈的懷疑。

晚間五點，她和樓管吳琦一同在四樓休息室用餐。

打工的櫃位在二樓，理所當然平常習慣在同樓層的休息室用餐，無奈今天二樓休息室人特別多，第二順位的三樓休息室也不夠她們兩人坐，於是只好走到四樓，所幸四樓休息室沒有半個人，空蕩蕩的。

吳琦原是三樓運動休閒部門的樓面主管，一年前調轉至二樓女裝雜貨部門，比賀小杏長三歲，她有副名模般的知性嗓音，頂著一頭俏麗短髮，身材高挑窈窕，乍看外表是高嶺之花的類型，賀小杏前陣子與她熟識之後才發現原來實際性格相當活潑開朗，而且和阿信一樣對靈異方面特別感興趣。

「小杏，妳知道關於花風的都市傳說嗎？」對面的吳琦掀開便當盒蓋子，舀起一顆淋上醬油的水餃。

聞言，賀小杏下意識抬起頭，裹著芝麻醬的一串涼麵還掛在嘴邊，她一口氣吸入嘴裡，像倉鼠一樣鼓著臉皮咀嚼著，點點頭，頓了下，又搖頭。

「五樓那個大倉庫啊，明明燈亮著，結果有人進去後卻覺得身體不舒服，當天還直接請假了。」

賀小杏嚥下口中的食物，說：「上次我也去過，物流大哥不小心把我家的貨弄錯，我就自己到那個大倉庫拿回來，裡面的確特別深特別大，東西也堆得滿滿的，但……我完全沒感覺到什麼異狀。」

「對！還曾經有員工在裡面理貨時，後面本來靠著牆壁整齊堆好的紙箱突然整個傾斜翻倒。」

「……只是沒擺好所以重心不穩吧？」

「還有喔，有一個客人在八樓西側的女廁補妝時，距離她至少三公尺遠的烘手機忽然自己轟隆隆地響起來。」

「一定是那台烘手機的感應機制太敏銳，或者——有老鼠走過去而已啦。」

「烘手機跟地面至少足足有一公尺高耶，老鼠可以爬牆？」

「可以吧？」

「啊對，還有一個，聽說開幕那年有間廠商要進廠，忙到半夜才離開，其中有個櫃姐搭電梯要到B2騎車回家，明明確定自己已經按B2按鈕了，結果電梯卻直直把她載到B5，然後電梯也沒有任何反應——但重點是花風百貨根本沒有B5這層樓，她不斷唸阿彌陀佛，結果電梯就又往上了，後來聽說那個櫃姐沒多久就離職了——妳不覺得這件事很玄嗎？」

賀小杏暫且還是秉持懷疑態度，雖然她其實更相信這些都市傳說肯定絕大部分都添加不少誇飾。「嗯——妳都說是聽說了，而且最後一個也太鉅細靡遺了吧，一聽感覺就是……假的。」

「是啦，妳這麼說也蠻有道理的，不過我就是很好奇，感覺不可能憑空就捏造出這些傳聞，沒火的地方不會隨便冒煙，所以我在猜搞不好是很久以前真的先有一個『頭』，然後慢慢被人以訛傳訛、以訛傳訛……」

「例如好幾年前在優木發生的命案嗎？像一些鬼故事那樣，冤魂徘徊在當時死掉的地方不肯走，想要抓交替。」賀小杏想起下午那兩名櫃姐的聊天內容，餘光瞥見手機螢幕顯示的時間，趕緊把剩下的麵扒得乾乾淨淨。

「妳覺得呢。」

「唉唷！妳不要亂講話啦，現在這裡只有我們兩個人而已，感覺有點可怕耶。」

賀小杏一瞬間愣了愣，默默抬眸，遲疑喃道：「……什麼？」

「什麼什麼？」

「呃，妳……妳剛剛是說什麼？」

只見吳琦臉上表情寫著「妳很白目」然後覷了賀小杏一眼，繼續把碗裡的水餃吃完，嘴巴塞滿了食物，含糊不清地又重複一次：「我是說妳不要亂講話啦，早知道就不聊這個了，被妳這麼一說後反而害我覺得有點毛毛的，我今天打烊後還要負責換樓面櫥窗耶。」

「我開玩笑而已，那些都市傳說聽聽就好，否則怎麼會叫都市傳說嘛。」賀小杏將剩下的空盒連帶竹筷捆好，呵呵乾笑。

她無法忽略剛才聽見的聲音，儘管十分微弱，近乎細若蚊吶的程度，卻百分之百肯定那道聲音不是吳琦的聲音，更不是由她自己發出來的。

她的視線若無其事地往休息室各處角落觀察，沒發現任何異樣——而這時，桌上的手機響起陣陣鈴聲，是店長打來的求助電話，說現在櫃上一次來了好幾組客人，她一個人快無力招架，要她吃飽後趕緊回去。

於是賀小杏向吳琦知會一聲後便火速下樓回到櫃上，隨後便是一連串不停歇地介紹商品、結帳包裝、申請調貨……和店長兩個人整整忙了快三個小時才終於告一段落得以稍微喘口氣。

賀小杏將剩餘的緞帶碎屑扔進垃圾桶，接著開始整理方才歷經一場戰爭般的滿桌狼藉。

沉下心來後，她又想起不久前那道微弱卻異常尖銳的聲音，現在是不是除了視覺，連聽覺也開始加入了，感知器官猶如受到蠱惑般，對周遭一切變得格外敏感——想著想著，她忽爾背脊一涼，目光下意識默默上仰，投向天花板最靠近自己的那扇出風口，她在層層縫隙之間著實撞見一張人臉，準確來說是只剩一半的臉，且竟覺得正在衝著她笑，下一秒，賀小杏眼睜睜看見那張「臉」又瞬間消失無蹤。

「嘶……」指尖猛地傳來一陣疼，呈現呆滯狀態的賀小杏回過神。

「嗯？怎麼了？」坐在電腦前緊盯螢幕的店長關心問道，剛才忙完後旋即又繼續敲鍵盤，她正在寫下星期要去總公司開會的業績報告。

「沒事，被紙割到而已。」拇指指腹裂了一條極其細小的血絲，賀小杏抽了張面紙隨便擦拭，然後將整理好的廢紙夾回塑膠板夾。「店長，妳還不餓嗎，輪到妳去吃飯了喔。」

「我吃不下……這個月的數字實在太難看了，就算加上剛剛那幾筆業績也根本補不回來……」店長苦不堪言，背越駝越低，這個月業績十分慘澹，她得想辦法改善否則又得被那經理電得不成人樣了。「對了，妳去用餐時有進貨喔，我先推進倉庫了，再麻煩妳等等有空進去整理。」

「好。」賀小杏看著店長面色鐵青的慘樣也沒再多說什麼，只是趁去後場茶水間裝水時，彎到四樓買了顆泡芙回來給她墊墊胃，隨後便帶著剪刀和封箱膠帶前往倉庫，申請存放貨物的倉庫同樣就在二樓，是從後場直走到底左手邊的其中一間小倉庫。

這次進貨共有兩大箱一小箱，小箱裡裝的是一綑綑的品牌手提袋與得自行組裝的禮物盒，大箱的則裝滿了各種蠟燭和擴香。

一顆蠟燭拿起來很輕，十幾顆蠟燭一次拿起來要人命，賀小杏已經習慣了，她甚至能站在脆弱的小板凳上，一次將裝滿二十顆蠟燭的沉甸甸紙箱扛到肩上，再一鼓作氣塞進第二層鋼架內。

她跳下小板凳，往右挪移幾步又站上去，著手整理另一箱庫存，裡頭的蠟燭被放得東倒西歪，她有強迫症，看了不順眼，乾脆耐著性子一個一個重新排列堆齊。

「新品、格紋系列、圖書館系列……」分類好後，她細心縝密地在箱外浮貼小標籤以方便拿貨，接著順手又把隔壁那箱放置文具雜物的紙箱一併掀開整理。

倉庫是長條型的設計，兩側牆面各貼牆佇立著數個巨大的三層角鋼架，此時倉庫裡只有賀小杏一個人，鼻息間是倉庫特有的氣味，不算難聞，或許是長期空氣不流通，她經常覺得裡頭比門外冷上幾分，空氣漫著安靜，儘管隔著厚厚門板，也隱約能聽見百貨公司那永不停歇的宣傳，以及協尋走失小孩或失物招領的廣播。

『各位來賓請注意，本公司拾獲一張信用卡，請失主立即前往一樓服務台認領，謝謝——』

嘎咿。

聞聲，她的肩膀冷不防抖了下，那動靜近在咫尺。

賀小杏佯裝沒事，繼續將幾本備用的空白顧客資料卡收進資料夾。

嘎伊……嘎咿……

『各位來賓請注意，目前有一位年約六歲的小女童走失了，身穿白色上衣及牛仔吊帶裙，請這位小女童的家人至一樓服——』

門外的廣播聲被戛然遏止，同一瞬間，她能察覺步步朝自己逼近的壓力，整個倉庫彷彿凍上一層霜。

四周的空氣不懷善意，壓抑的窒息感正蠢蠢欲動。

別往上看——

別自找麻煩。

賀小杏渾身僵硬，雙手握成拳頭，低著頭，抿著唇，臉龐幾乎要埋進紙箱內，她面無表情，屏住氣息。

她能感覺「祂」距離她很近，彷彿祂正趴在第三層鋼架，低低盯著她的後腦勺，惡意像一根接著一根的針刺朝她投射而來——可是為什麼？她為什麼反而要躲起來？

上一秒下意識選擇無動於衷的賀小杏此時恍惚意會到，即使是鬼又如何，她有什麼好怕的？

身體的反應比大腦早一拍，混亂掙扎之際，她已仰起頭——從未想像過的晦暗人臉近在咫尺，分毫不差的與祂四目相對，祂的「眼睛」極不真實，超乎正常比例的巨大扭曲，所謂的瞳孔是一片死黑，猶如深不見底的無底洞，她無法動彈，聲音發不出來，連呼吸都被迫停滯。

面前那詭異五官愈來愈近，再怎麼不相信，如今都相信了——

「小杏，L禮盒的庫存沒了，再幫我拿十——」

猛然間，倉庫的門被用力推開，接著……砰！

宛如一顆炸彈猝不及防引爆，賀小杏被突如其來的喊聲嚇了好大一跳，一時之間重心不穩整個人從椅上狠狠摔到地面，小板凳也傾倒在一旁，心臟幾乎就要從喉嚨噴出來！

「喔天啊，妳還好嗎？」

「店長妳可不可以先敲個門……」賀小杏吃痛地頻頻嘶氣，幸虧椅子不高，除了屁股被磕得疼外其餘倒沒什麼大礙。

在店長的攙扶下她支起身子從地板爬起來，同時又突兀抬起頭往第三層鋼架的位置看去，現在那裡只有幾樣待寄回總公司的活動道具，和一大捲用來保護蠟燭的氣泡紙……其他的，就什麼也沒有了。

「抱歉抱歉，妳沒受傷吧，有摔到頭嗎？」

「沒關係，我還好。」

「剩下的東西我收一收就好，妳回櫃上稍微休息一下喝點水，妳看看妳的臉白得跟什麼一樣。」店長將小板凳重新立起後便站了上去。

聞言，賀小杏伸掌貼上自己的臉頰，體溫正常，但冷汗直流，瞥見一旁角落剛好有服飾專櫃暫放的全身鏡，她索性上前檢查，才發現店長說的是真的，鏡中的這張臉簡直可以說毫無血色。

就像是被嚇壞了。

❀

原來世界上真的有鬼。

原來她以為不存在的鬼和神，都是真實存在的。

當下的窒息感是真的，尚未褪去的暈眩感是真的，此時此刻歷歷在目的那些畫面也是真的，不是幻覺，不是幻聽，更不是做夢，這所有一切都是真的——

後半段的時間，她在恍惚中結束今天的打工。

賀小杏一如往常騎車返家，臉色已恢復正常紅潤，但亂七八糟的思緒在腦袋裡盤旋翻攪，最後，她花了一段路程的時間將所有碎片拼湊而成，更加證明那自己早該接受的結論。

賀小杏將機車停妥，引擎關閉後，四周呈現一片靜謐，靜得彷彿連貓的腳步聲都能聽見——

「喵——喵——」

她偏頭朝聲音來源望去。盛夏夜色中，有一隻橘紋的貓遠遠地停留在家門前，牠的尾巴驕傲地豎起，銳利的瞳仁不知鎖定何處，隨即一溜煙跑走。

賀小杏不以為意，只是一如往常掏出家門鑰匙，然後喀噠，轉開——

空無一人。

迎接她的是一室安靜，尋常的漆黑，伸手摸出電燈開關，又是尋常的明亮。

那天失眠後重新醒來，她頭昏腦脹，口乾舌燥，下意識想找水喝，馬克杯裡卻連半滴水也沒有了，只是她手才剛碰上房門把，卻又馬上頓住，惺忪的腦袋竄出一抹蓬鬆的焦糖色，於是賀小杏轉而扯過棉被把自己裹得掩實，小心翼翼撬開房門一道縫隙，緊張兮兮地左右探視——

沒有任何動靜，也沒有任何人。

她側耳傾聽，只隱約聽見來自遠方的人車喧囂，接著她乾脆從上而下、從裡到外都巡邏了一遍，沒發現歐墨的存在。

直到此時此刻，這棟房子裡還是一如既往，只有她一個人在。

當下的賀小杏著實鬆了一口氣，她深深相信昨晚發生的一切不是夢，所以其實心底不免泛起慶幸。

記得某回吃飯時，賀允丹曾開玩笑對賀小杏說，如果哪一天把她丟到無人島上，她肯定也照樣能存活下來，某種程度上她是個單純的人，這是稱讚。

賀小杏算是一個很快，或者該說很坦然就能接受陌生事物或環境改變的類型，截止目前為止的人生經歷過或大或小的轉變，好比搬家、轉學、和初戀男友分手、與昔日好友漸行漸遠、父母離婚、外婆過世、相依為命的姊姊步入婚姻、獨自一人生活——

然而關於意外變成靈異體質這件事，和遇見自家房子的守護神這件事，賀小杏無法坦然，太不可思議了，她還沒辦法習慣。

畢竟也獨自生活好久了，早已習慣成自然，總是只有自己一個人的家裡，好端端地忽然冒出另一個陌生人，那個人嚴格說來甚至比自己更有資格待在這棟屋子，還搬出先來後到的規則堵得她啞口無言無以反擊——

然而弔詭的是，現在她卻納悶了……所以，歐墨人呢？

賀小杏有時會被自己莫名奇妙的矛盾煩得很崩潰，例如現在，明明歐墨消失了對她來說是一件好事，不必再感到彆扭尷尬，但慶幸不到幾秒，卻又換成被一陣陣罪惡感騷擾，像螞蟻遷徙般密密麻麻地爬滿全身，無法忽視，所以令人煩躁。

歐墨就真的這麼乖乖離開這棟屋子了嗎？真的消失了嗎？明明追溯源頭她才是受害者——為什麼反而覺得自己好像犯了什麼滔天大罪似的？賀小杏又一次如此心想，接著那些若有似無的罪惡感又一次在她耳邊咆哮叨擾。

於是這個夜晚賀小杏又一次輾轉難眠，翻來覆去許久才沉沉睡去。

只是翌日，外頭太陽還未升起，賀小杏難得老早就掀開棉被下床，懶洋洋地洗漱完畢後，便下樓簡單烤片土司煎了培根加荷包蛋，有些無神地邊啃早餐邊配晨間新聞。

半晌，收拾完杯盤後她軟趴趴地倒回沙發，距離平常出門時間還有一個半鐘頭，也許是不小心太早起床，賀小杏坐著坐著開始打起瞌睡，電視機裡那女主播精神抖擻的宏亮聲嗓愈來愈小聲、愈來愈模糊……

叩。

彷彿被吵醒般，她眼皮稍稍顫抖了下，隨後意識又繼續緩緩下沉。

叩、叩。

好吵，誰啊……賀小杏不耐煩地蹙眉，半夢半醒間挪了挪身體，頭直接倒在旁邊那隻泰迪熊的圓滾滾肚子上，試圖找個舒服的姿勢繼續睡，結果才躺沒三秒，擱在腿邊的手機被她無意輕輕一碰，順勢滑落墜地，清脆的碰撞聲讓她瞬間驚醒。

「……該死，要遲到了！」她火速爬起身，匆忙之中泰迪熊還不小心被踹下沙發。

賀小杏這時才赫然發現自己不知何時把預設的鬧鐘給關掉了，整整打了兩個鐘頭的瞌睡，飛快套上鞋抓起機車鑰匙便出門上班了。

❀

九月的第二個星期，盛夏還未離去，空氣依然裹著悶膩，直到隨著夕陽西下，落日餘暉遍地，城鎮才隱隱蕩漾起秋意，儘管薄弱，卻也消散不少沸騰的暑氣。

賀小杏想起某本書裡有這麼一段耳熟能詳的話：「當你真心渴望某樣東西時，整個宇宙都會聯合起來幫助你完成。」雖然早上的情況用在這句話上似乎有些奇怪，但好在一路綠燈暢行無阻，總之最後剛好壓線打卡沒遲到。

那時半夢半醒間聽到的聲音，就像是有人正用手指關節輕輕敲擊桌面的聲響，音量不大，近在咫尺，賀小杏不禁猜疑著，難不成那聲音是歐墨造成的嗎？

他還留在家裡嗎？

而正當她有些失神地如此心想時，左邊的彭莉冷不防拍打了她的胳臂兩下。

「小杏小杏！」

「幹——幹、幹麼？」原本正在寫每日報表的賀小杏被嚇了一跳，下意識怪叫，手一滑原子筆也直接畫出格線。說也奇怪，自從變成靈異體質後她開始容易被嚇到，明明以前她可是被稱為強心臟。

「妳看上面……那個人是不是莊亦誠？」彭莉擠眉弄眼示意她往上看。

賀小杏順著她指的方向望去，三樓電扶梯旁有個戴著鴨舌帽的男生，他上半身倚靠在欄杆，面無表情地左右張望。

花風百貨主要的建築格局是這樣的，地上與地下涵蓋的總樓層共有十五層，其中地下二樓到四樓為停車場，地下一樓加平地往上算起的八層是一般的百貨樓面，剩餘的三層則是辦公室。

內部的裝潢格局與一般百貨公司不無差異，比較特別的是二至六樓為圓環式的設計，正中央是挑高樓空，可以看見每一層樓的狀況，周邊也設有不少供顧客稍坐休憩的長椅與手機充電處。

賀小杏打工的專櫃位於二樓偏左側的位置，由於接近電扶梯口，從這處看出去的角度可以多少看見三樓其中一側的人流動向。

那個男生將帽沿壓得特別低，幾乎擋去了大半張臉，賀小杏仍一眼就知道他是誰。

「嗯，是莊亦誠。」語落，她微微屈膝彎著背，想讓自己縮小幾吋，無奈她體型比彭莉高大，嬌小的彭莉怎麼擋也遮不住她。

「我剛才就覺得那個背影怎麼看怎麼熟悉，一轉到正面就發現果然是莊亦誠沒錯⋯⋯」接著彭莉又猛地驚呼：「啊啊啊，他往下看了！」

聞聲，賀小杏抓著筆下意識躲進櫃檯下的小小空間。

不到一分鐘，彭莉遠遠地瞧見莊亦誠搭乘電扶梯下樓，一手插著外套口袋，另一手拎著一個咖啡店紙袋，慢條斯理朝她們的方向走近。

「喔，對啊，兩個多月前開始的。」彭莉站在原地，故作鎮定地回應，上半身看似穩重輕鬆，其實下半身的膝蓋抖個不停，她最不擅長處理這種情況了！

「呃⋯⋯嗨，彭莉。」莊亦誠朗笑，唇角微揚。「我都不知道原來妳也在這打工？」

「是喔⋯⋯」

彭莉注意到莊亦誠的視線若有似無地四處打量，很隱諱的，他似乎是在找賀小杏。

他剛才果然看到了。

於是彭莉假裝要拿商品型錄，右手默默往下移拉開抽屜，實則輕輕將賀小杏的身體再往裡面塞。

「你⋯⋯今天自己一個人來逛街啊？」

「嗯……嗯。對了，彭莉，小杏現在不在嗎？」莊亦誠開門見山問道，乾脆不演了。

「小杏喔……她下班囉。」

聞言，莊亦誠明顯愣了下。「她下班了？這麼快？」

彭莉煞有其事地點頭。

「可是我剛才明明看到她還站在這裡。」

「是啊，她剛走而已，因為小杏今天只是來幫忙代班兩個小時。」

「所以她今天都不會回來了？」

「對。」

「……真的？」

「真的，我騙你幹麼？」

「到底問題怎麼可以這麼多，你快滾好不好……」此時整個身軀只能可憐兮兮縮在狹窄櫃檯下的賀小杏簡直快爆炸了，幸虧從小到大測體適能柔軟度時她的成績都是全班最好的，只是現在腳麻到不行，脖子也快被擠到斷了。

莊亦誠懊惱地皺眉，表情有些糾結，彷彿擬定好的計畫被天外飛來的橫禍打亂。

「賀小杏她真的——」

「莊亦誠，你是特地來探她班的吧。」

莊亦誠手指緊了緊紙袋提把，坦率點頭：「嗯。」而彭莉正想勸勸他，他又驀地出聲：「小杏她——好像封鎖我了，我發現LINE跟IG都是，妳知道為什麼嗎？」

「……」彭莉早已知道賀小杏前幾天封鎖了莊亦誠，所以對於他此時的態度啞口無言，櫃檯下的賀小杏也扶額。見莊亦誠一臉無辜，語氣委屈，彷彿被蒙在鼓裡，彭莉反問：「你難道不知道為什麼她會封鎖你？」

「我……我真的不知道，我做錯了什麼嗎？」

「小杏是我最好的朋友，但你也是我的朋友，身為你們的共同朋友……」彭莉語重心長地嚴肅說勸：「我必須說，小杏她真的真的對你沒有任何感覺，連我們這些旁觀者都看得一清二楚，你如果再繼續執迷不悟，到最後你跟小杏會連朋友都當不成。」

「那當初妳就不該把賀小杏介紹給我認識，妳忘記妳甚至還想把我跟她湊對，不是嗎？」

賀小杏聞言，白眼已經不曉得翻了幾百個了，差點就要站起來回擊卻只能忍在心裡：「……這傢伙是打算把錯都怪在彭莉身上就是了？」

彭莉也差點氣結，反駁道：「不、不是啊，當時只是純粹玩笑話而已，這是兩碼子事吧！現在的重點是就算你喜歡小杏，但她就是不喜歡你啊，而且你根本沒有尊重過小杏的心情，她都已經明確拒絕你了，況且不只一次，你還以為你這樣每天對她好關心她，她總有一天就會回心轉意喜歡上你嗎？」

聽聞至此，屈膝抱著自己的賀小杏忍不住在心底吐槽……彭莉啊，我跟他連起頭都沒有，何來回心轉意啦——

莊亦誠沉默，冷冷一笑，絲毫沒有被彭莉的話改變執拗的想法。他將紙袋隨意擱在桌面，悶聲道：「飲料妳要喝拿去喝吧。」

語畢，他再次頭也不回地離開了。

再三確認莊亦誠徹底消失在盡頭後，彭莉蹲下身拍拍賀小杏的肩示意她可以出來了。

如釋重負的賀小杏動作僵硬地站起身，雙臂向上用力伸展，緩慢地扭轉了頸肩兩下，握拳捶打自己的腿讓血液循環，不禁惱怒：「一個大男人嘰嘰喳喳……真固執。」

「他竟然真的來櫃上探班了。」彭莉餘悸猶存。

賀小杏對於莊亦誠的出現倒不太意外，因為上個月阿信帶一袋紅豆餅來櫃上探班，還幼稚地一邊錄影一邊想偷偷捕捉她被嚇到的反應，熱愛分享生活瑣事的阿信之後也把這些上傳至Instagram，莊亦誠有追蹤阿信，理當也會看見。

彭莉伸指推了推咖啡店紙袋。「莊亦誠說這飲料是給妳的。」

「噢——我不要。」賀小杏倒抽一口氣，畏懼地搖頭。

「那這飲料怎麼辦？」彭莉挨在櫃檯下，撬開杯緣一角，是一杯熱飲，湊鼻嗅了嗅，濃郁的可可香氣撲鼻而來，以及伴隨著……「裡面有加花生顆粒耶，妳也沒辦法喝。」

賀小杏從小對花生過敏，連半顆都不能碰，想起幾年前曾一時貪嘴，以為只吃一點點應該不會怎麼樣吧，就開心地啃了約拇指大、摻了花生顆粒的巧克力，當晚便立刻全身起滿密密麻麻的紅疹，自作自受地來回連跑三趟皮膚科才慢慢痊癒。

儘管基本上誤食後症狀不會嚴重到休克，但撓癢的煎熬和一觸及自己皮膚上那一塊塊能讓她密集恐懼症發作的紅疹也夠折騰人了，所以現在光聞到花生味道就瞬間激起雞皮疙瘩。

見彭莉也沒有要喝的意思，賀小杏掩著鼻，忍不住伸手將杯蓋牢牢實實地重新關緊。

她指尖把玩著原子筆，半恥笑地無奈道：「妳記得之前我們去學校附近那間簡餐店吃飯那次嗎，莊亦誠知道我不能吃花生後很驚訝，還浮誇地直接把旁邊的花生醬抽走，又笑說他自己也對甲殼類過敏，他說自己有多喜歡我有多喜歡我，結果現在卻連我對花生過敏都忘記。」

彭莉撓了撓臉頰，面色有些尷尬。「可是他卻記得很久很久以前，我曾說要把你們倆湊對的事，當時只是大家起鬨開開玩笑……」

賀小杏知道性格敏感的彭莉受莊亦誠剛才的話影響，又忍不住對她心生愧疚了。

「齁彭莉，我知道的，妳別又這樣，那都是莊亦誠的問題。」

「我有點擔心莊亦誠之後會不會時不時就來櫃上探妳的班，怎麼辦？」

「也不能怎麼辦，既然講再多他都聽不進去，只能靜觀其變見招拆招，能躲就躲囉。」比起憂心忡忡的彭莉，身為當事者的賀小杏態度豁達，苦笑聳肩。

然而很多時候，事情往往會故意唱反調般地朝另一個方向發展，不是永遠都事事如意，有時就是躲也躲不了。

❀

隔天是週六，一個適合外出踏青的風和日麗午後，賀小杏與朋友們在市區一間ＫＴＶ聚會唱歌，而費盡千辛萬苦躲避的莊亦誠竟不請自來，像陰魂不散的幽魂猛然出現在她面前。

眾人唱得正嗨玩得瘋狂，喉嚨有些沙啞的賀小杏獨自到包廂外的自助吧，正想拿碗盛湯時忽然有人冷不防從身後一把抓住她的胳臂，她登時被嚇了一跳，本能地旋身一把甩開對方的手，卻見來人竟是莊亦誠。

「你——你為什麼在這？」賀小杏當機立斷往旁邊挪移腳步想與他拉開距離，豈料莊亦誠卻沉默地朝她步步逼近。

「小杏，妳為什麼突然封鎖我了？」他輕聲問。「已讀不回沒關係，但怎麼能直接封鎖我呢？」

「你——」賀小杏緊皺著眉，渾身上下豎起警戒性的刺，正想說話，莊亦誠卻自顧自地說下去。

「而且妳這陣子一直刻意躲我，就連現在也是，我做錯什麼了嗎？我們不是朋友嗎？」

賀小杏低吼：「因為你一直騷擾我，每一天每一天照三餐傳訊息給我，我被你總是獻殷勤弄得很煩，你已經——干擾到我的生活了。」

「我沒有惡意，我只是想跟妳聊聊天而已，我之後不會再這樣了。」

莊亦誠的表情誠懇真摯，口氣卻天真而自卑，猶如在向她求饒般，她簡直不知該哭還該笑。

「莊亦誠。」

良久，她喚。而他聞聲，彷彿重獲新生般，連眼神都亮了——

「你好可怕。」她四個字一瞬間就將他重重打回深淵。「我真的不喜歡，請你不要再這樣對我了。」

「小杏……」他哽咽。

「我再說一次，我知道你喜歡我，但我不喜歡你——我已經講過很多很多次了。」

「妳——有喜歡的人了嗎？還是說妳現在暫時還不想談戀愛？是因為這樣嗎？」

賀小杏深呼吸一口氣，試圖壓抑自己欲將爆發的怒火。「對，我現在一點都不想談戀愛，所以你不要再——」

「沒關係，我可以等的，我有很多時間可以等到妳願意試著喜歡我為止！」

「莊亦誠你到底鬧夠了沒？你真的很討厭，我們現在連普通朋友都做不了了，拜託你放過我好嗎？不要把時間浪費在我身上了。」

莊亦誠失落地說下去：「我們明明常聊天，還一起去吃飯看電影，而且還曾一起單獨去看球賽，如果妳對我沒有好感怎麼會願意做這些事？而且……妳也曾說過喜歡像我這種類型的不是嗎？妳還提到我的名字啊。」

是鬼打牆嗎？哪句中文聽不懂？賀小杏滿腹無奈無言，怒火中燒。

「你是什麼情竇初開的小男孩嗎？都幾歲了，怎麼會天真地覺得只要單獨這樣那樣就代表對方喜歡你？那全世界不就都沒有失戀的人了？而且你說的那些吃飯看電影每一次都是和大家一起，聊天也是，那根本不是『聊天』好嗎。好，就算我承認我們剛認識的時候的確有在聊天，但那些都是像其他普通朋友一樣的閒聊，何況聊的話題全都是系上的事，後來是你一直一直一直傳訊息給我，我都明顯是想結束話題甚至是敷衍你了你還一直傳，你難道都還沒感覺出來嗎？給你台階下你不下，還有——請你不要誤會，那次是因為我們大家在教室玩真心話大冒險，我抽到真心話所以我當然只能老實說，我的確是說過我喜歡像你這樣類型的男生，但這完完全全不代表我喜歡你這個人啊，而且那都是快一年前的事了！」

賀小杏面無表情，一字一句結結實實毫不留情地刺穿他，莊亦誠的眼神隨著她的冷淡變得愈來愈黯淡。

賀小杏知道自己說出口的話在他人耳裡聽來或許帶刺帶箭，可這也不是她願意的，更何況莊亦誠的一言一舉已經讓她感到不舒服了，那她為什麼不能保護自己——

「妳說我們做不成朋友了？怎麼可以，妳太過分了，妳怎麼能這樣對我？我對妳那麼好，我甚至為了妳拒絕其他女生，我明明這麼喜歡妳！」莊亦誠滿臉哀愁，眼眶泛淚，聲音隱隱滾著顫抖。

瞧他一副受害者姿態，賀小杏冷笑：「我哪裡過分？過分的是誰自己心知肚明——」

然而她話還沒說完卻被硬生生砍斷，莊亦誠猛然跨步直直朝她靠近，手掌緊緊攀住她的雙肩，龐大的壓力近在咫尺，莊亦誠的力氣很大，再加上此時情緒太過激烈，賀小杏企圖想掙脫他的禁錮卻怎麼樣都掙脫不開，甚至一步一步被他逼著，逼到了角落。

「莊亦誠——你放開我！」

「小杏，我真的很喜歡妳……給我一次機會好不好，我會對妳很好很好，我會讓妳幸福，我保證！」

「放手……你弄痛我了！」他依然頑固，死死捏著她的肩膀，彷彿要把她的骨頭折斷，讓賀小杏痛得頻頻嘶氣。

「為什麼……我哪裡不好了嗎，我明明那麼喜歡妳，妳給我一次機會，讓我試試看——」莊亦誠一手捧住她的臉，情不自禁地向前傾身，試圖要強吻她。

「莊亦誠你他媽是中邪了是不是！滾！」賀小杏胃裡翻攪著噁心，用盡全力推開他，破口大罵。

莊亦誠被她猛然用力一推倒退踉蹌幾步。與此同時，正疑惑賀小杏怎麼裝個湯裝這麼久的阿信與彭莉正走出包廂找人，聽聞不遠處傳來的稀微騷動後便快步趕來。

「靠，莊亦誠你怎麼——」見狀，阿信愣住。

「小杏！」彭莉第一時間護住炸毛的賀小杏，一來以肉身保護她，二來防止她失控上前把他揍到出人命。

顏面盡失的莊亦誠狠狠瞪了賀小杏，神情傷心欲絕，眼神失措絕望，他不甘心地緊握著雙拳，甚至連指節都呈死白狀，哽著喉，眼球布滿血絲，表情和方才近乎病態的央求渴望逐漸判若兩人。

這樣扭曲的模樣，讓賀小杏在氣憤之餘同時感到一陣毛骨悚然，短短三分鐘的驚魂便更加證實他藏有恐怖追求者的跡象……隨後下一秒，不發一語的莊亦誠就在眾人面前狼狽地轉身離開現場。

這場突如其來的鬧劇終於結束。

後來，賀小杏才知道原來是三個小時前，包廂裡某個女生錄了限時動態PO到Instagram，標記了地點與所有人的帳號。由於在場除了彭莉和阿信兩人之外，其餘都不知情賀小杏與莊亦誠的事，而她的帳號又是公開的所以才被莊亦誠看見，只是萬萬沒想到他竟會直接殺過來。

比起賀小杏，反而是彭莉被剛才狀況嚇得不輕，覺得很恐怖，主動提議要不要先陪她回家，反正未來唱歌的機會多得是，可賀小杏立刻就拒絕了，她無奈癟著嘴，賭氣說為什麼她得為莊亦誠而割捨玩樂時間。

她的臉很臭，很堅持，像個鬧脾氣的孩子，彭莉拿她沒轍，只好遷就她。

最後，大概是好心情被莊亦誠突如其來的騷擾破壞殆盡，所以要彌補回來，賀小杏唱得比平常還陶醉，跳得比平常還瘋狂，黃湯也是一杯接著一杯，遊戲玩輸了也豪爽地直接把桌子中央那杯散發詭異味道、摻雜各種食物汁液的「調酒」給一飲而盡，還笑嘻嘻地鼓譟說再玩一次，其他人無一不是佩服掌聲就是一副乾嘔樣。

良久，賀小杏玩累了，氣力用盡般幾乎整個人癱軟在沙發裡，面頰緋紅，大腦有些暈眩。

「唉唷，終於陣亡了喔——」一旁笑鬧間，還神采奕奕的幾個人隨口揶揄道。

「中——中場休息而已啦！」賀小杏軟趴趴地舉起雙手，嘴巴硬要反駁，說完後便咚的一聲倒往右邊，沉重的腦袋瓜剛好靠上阿信的肩膀，而阿信另一側的肩膀則早已被不勝酒力的彭莉拿來當枕頭呼呼大睡。

阿信絲毫無動於衷，對於自己左右兩旁的兩隻醉鬼完全沒再管，滴酒不沾的她是在場少數還清醒的人，儘管和朋友出門玩樂，她的心思仍時不時掛念著她那已經營兩年的Youtube頻道，連此時也不放過，持著手機目不轉睛地在記事本快速敲打下一支預定上傳的影片文案。

「欸欸，妳看這些留言。」阿信突然用手肘推了推賀小杏的腰，示意她看自己的手機。

「……什麼？」半醉半清醒的賀小杏一臉呆滯，睜著迷濛的眼看往那泛著刺眼光亮的長方形螢幕。

只見阿信正點進她最新上傳的影片，這支影片是上回她們去廢墟夜遊的內容，短短兩天已累積超過十萬點閱率。她的指尖停留在底下的留言區，其中幾則留言寫著——

『4:07的時候白衣服的女生肩膀上好像有搭著一隻手』

『手出現的位置很怪，也不可能是旁邊那個比較矮的女生，因為她是「兩隻手」抓著白衣服女生的右手耶？』

『好像真的有手，播放速度調0.25倍的話蠻明顯的』

『雖然阿信可能不會注意我的留言QQ，但我還是想奉勸阿信最好別再去這種地方了><，我本身有一點那種體質……影片裡有很多「東西」，建議可以去廟裡走一走，注意自身安全。』

『真的好奇怪，希望阿信可以再拍一支影片跟大家討論！（贊成的推我上去）』

「手……不過就是有手出現而已。」賀小杏瞇了瞇眼，不以為意地打了一個大大的哈欠，咕噥道：「……比起這個，我還看過更值得大驚小怪的。」那張似人非人的鬼臉至今仍深深纏在她的腦海裡，祂自二樓倉庫第三層鋼架探出與她對望的瞬間……明明也就那麼一次而已，可每每想起，她就莫名感到身周一陣惡寒飄過。

「如果是真的呢？」那些鬼哭神號的歌聲完全掩過賀小杏的喃喃囈語，以至於阿信根本沒聽見她後半段說的話，決定要回家後用電腦檢查毛片好好研究一番。

「……嗝，也沒對祂們做什麼壞事，井水不犯河水，我們又有什麼好怕的。」酒精作祟使她的嗓音變得軟綿綿的。「……而且我一定要跟妳講一件事，就是啊，自從那次摔車後——我最近竟然莫名其妙變成靈異體質了，明明這世界上不可能有鬼但我卻真的看到了……」

「嗯——妳醉得很厲害，好了不要再喝了。」阿信只當她在說夢話，繼續回覆其他留言。

賀小杏挺起背反駁：「我是說真的！」下一秒又重新倒回去。「我甚至還在我家看到神明……不對，是地基主，反正他說他住在我家很久了，害我這幾天回家都覺得怪彆扭的——」

阿信見賀小杏講得栩栩如生，講著講著還皺眉癟嘴一臉無奈，表情看上去像是真的為此而煩惱，這令她不由得放下手機，半信半疑地盯著她看。

「……妳不是在唬爛我吧？」

「我跟妳說這種事我只能跟妳講了，妳都不知道我憋在心裡都快憋死了。」面頰通紅的賀小杏痛苦地揪著自己的衣領。

阿信的眼神瞬間變得閃閃發亮，熱愛靈異的那顆心蠢蠢欲動，她信了！「那……現在這裡有嗎？」她竊聲問道。

賀小杏晃了兩下沉甸甸的腦袋。「我們包廂沒有，但靠近電梯最轉角的那間包廂有。」記得下午經過時，餘光瞥見裡頭角落有個半透明的人正蹲在那兒，一動也不動地盯著門外走過的她瞧。不過祂就只是這麼單純看著門外的人來人往，賀小杏感覺得出來，祂對她並沒有任何惡意。

「那我很好奇，我們學校有鬼嗎？」

「嗯——機車停車場、行政大樓二樓的自習室、學餐西側的女廁、體育館地下室……啊，還有要去圖書館的那條中庭……大部分只是有感覺到，祂們好像就只是待在那裡而已……」昏昏欲睡的賀小杏半闔著眼，聲音黏呼呼地稠在一塊。

「哇靠……太玄了吧！原來學長說的是真的！他之前跟我說他大二的時候，曾在體育館地下室最裡面的那間器材教室看到有白影飄過去。」阿信滿臉期待又問：「欸欸欸，如果妳願意的話，找個時間陪我拍片好不好，我一直想找有陰陽眼或靈異體質的人，手邊有幾個企劃——」

「噢我好睏好想吐……」

「欸等一下啦，別睡啊，我還沒講完耶……啊啊啊！不要吐在我身上！」

❀

晚間十一點三十一分。

眾人皆醉我獨醒的阿信順理成章地負責當司機，載著現在已算七分清醒的賀小杏與還在昏睡的彭莉返回各自的家。

「妳確定停在前面公車站牌就行？我直接把妳載到妳家巷口也可以啊。」

「沒關係，沒幾步路而已，我再過馬路就好，不然妳又要迴轉多繞一圈。」

「好吧。」阿信打起右側方向燈。「啊等等，所以妳說妳看得到鬼這件事，真的不是唬爛我的吼？」

聞言，正準備揹起包的賀小杏下意識咦了聲。「……妳怎麼知道？」

「妳今天在ＫＴＶ包廂時跟我講的啊，妳忘記囉？」

「我有跟妳講？」

「看吧，我就說妳喝醉了。欸不過妳現在有沒有自打臉的感覺？沒想到因為一場車禍竟然開發靈異體質，這是電影情節吧，哈哈哈！就說了寧可信其有不可信其無吧。」

是的，的確，現在她真的相信了——不相信也不行！

在公車站牌下了車，目送阿信駕車離去後，賀小杏也隨即轉身越過馬路。熟悉的巷弄被填上濃稠的夜色，她獨自走著，打了個大大的哈欠。

不久前下了場大雨，地面到處濕答答的，坑坑疤疤的柏油路囤積了幾個小水窪，水面上倒映出大大小小的住宅輪廓。

途徑一個較大的水窪，她沒刻意避開，用鞋尖輕輕點了一下，水面泛起一圈圈小漣漪，掛著一輪明月的漆黑星空變得搖擺模糊，隨後緩緩止息，平靜如畫。

只是，愜意的氣氛不到幾秒，賀小杏愕然瞥見腳邊的草叢沾著一條小拇指大的毛毛蟲，她霎時抖落一身雞皮疙瘩，作嘔地皺著臉快步遠離。

記得某年寒假一夥人去遊樂園玩，玩了一輪，最後只有賀小杏和阿信想去挑戰園內最令人聞風喪膽的遊樂設施。在等待工作人員依序檢查安全扣環時，阿信曾問，膽子這麼大的賀小杏，難道就沒有害怕的東西嗎？

賀小杏晃著離地五十公分懸空的小腿，雙手輕鬆環抱胸前的握把，想了想，嫌棄地回答：

「有——我怕毛毛蟲。」

她天不怕地不怕，不怕高不怕暈不怕黑甚至如今……也不怕鬼，唯獨最怕的就是毛毛蟲。

儘管不是多嚴重恐怖的遭遇，其實也就那麼一次，可對心靈構成傷害一瞬間就足夠。

那是她小學三年級夏天發生的事。

學校有塊沙坑遊樂區，每每下課鐘聲一響，就有一卡車的學生爭先恐後搶著玩，男孩們拿著隨地撿的樹枝追趕跑跳碰，女孩們有模有樣地玩著扮家家酒。

小學時期的賀小杏頂著一頭清清爽爽的短髮，就像個可愛的小男生，那時的她特別鍾情機器人和牛仔吊帶褲，每回扮家家酒時她都是當爸爸或哥哥的角色。不過久而久之，她膩了，某次說她也想當當看別的角色，小團體老大的小女生嘟嘴說不行，因為大家的角色都固定好了。

賀小杏和女同學開始爭論，最後演變成兩人開始打起架，賀小杏被她的指甲抓疼了脖子，一氣之下出手用力推了她一把，女同學碰的跌坐在地，左手掌被藏在沙堆裡的小石子劃傷。

後來，女同學哭著跟交情較好的小跟班們到保健室擦藥，賀小杏不以為意，轉而跑去玩盪鞦韆。

她覺得是對方太不講理，所以她沒有錯，而剩下的幾個女生也面面相覷，誰都不敢說話。

賀小杏用手拍掉衣服上的泥巴，剛才女同學趁機抓了一把沙往她身上砸，可惡，這件衣服是媽媽新買給她的！

只是，儘管真正意義上錯的人不完全得歸咎於賀小杏，但出拳打人就是不對，她甚至連道歉也做不到，所以不久……報應就來了。

當鞦韆正盪到頂點的瞬間，一陣狂風說襲來就襲來，茂密樹叢被強風吹得凌亂，同時，棲息在樹葉間的毛毛蟲也被一併吹了下來——

孩子們玩得太開心，卻總忘了，這座遊樂場被五六年級的人戲稱會下毛毛蟲雨……

賀小杏永遠忘不了當下的畫面，數十隻比小拇指還肥大的毛毛蟲就這麼黏在她的臉和衣服上，她嚇得直接從鞦韆上飛出去，顧不得摔跤的疼痛，哭著抖動全身喊著救命救命，旁邊的同學想幫卻不敢上前，因為那些蠕動著的毛毛蟲實在太噁心了！

於是，直到今天，這段淒慘的童年記憶還牢牢地鎖在賀小杏的腦袋裡，成為她一輩子的陰影，想忘卻忘不了。

美好事物會雋永流傳，然而有時候，痛苦夢魘更容易被烙印得深刻。

例如，今天發生的事。

對此時此刻的賀小杏來說，如果她必須再重演一遍小學那段噁心經歷，或與和莊亦誠共處一室兩者間抉擇，那她——竟然寧願選擇至少不會對她毛手毛腳的毛毛蟲。

啪嚓。

思及此，在一片近乎渺無人煙的安靜中，賀小杏隱約聽見某個細微聲響自後方傳來。

什麼聲音？

是、是落葉嗎？

噢天啊……一定是因為現在有靈異體質才開始容易變得大驚小怪——這麼在心底對自己吐槽時，她途經一盞覆著薄薄灰塵的路鏡，視線順勢投往鏡中，卻霎時瞪大眼，雖然不明顯，但她看見距離幾公尺遠的電線桿後藏著一道高瘦的身影。

短短一個眨眼的瞬間，路燈的暈黃不偏不倚照亮了他的臉孔——是莊亦誠，他身上穿的衣服甚至和KTV那時一樣。

怎麼會？為什麼莊亦誠現在會出現在這裡？

察覺到危險性，內心警鈴大響，賀小杏下意識抓緊背包背帶，加快腳步想回家——然而這時她猛然打起冷顫，意識到一個嚴重的問題，不行、不行！她現在不可以回家！

她不想、也絕對不能讓莊亦誠知道自己住在哪一間！

賀小杏屏氣凝神，掙扎著刻意不往自家方向看，硬生生地從家門前走過。

她鎮定地以餘光觀察後方情況，莊亦誠依然還在，目光緊緊鎖定著她的方向，始終刻意保持著相同距離跟蹤她，以為她還渾然不知。

一陣毛骨悚然自腳底向上蔓延，賀小杏渾身雞皮疙瘩，冷汗直流，她已徹底清醒，殘餘的微醺被恐懼吞噬殆盡，身後那道緊迫盯人的視線令她感到噁心害怕。

為什麼莊亦誠會在這裡？

賀小杏肯定她家的地址只有彭莉和阿信知道，其他人頂多只知道她大概住哪區，她也不可能向莊亦誠透露——她在腦內快速回憶，接著想起很久以前他們曾一起搭公車……噢不，不！或許是那一天莊亦誠曾問她等會兒要在哪站下車，她下意識便隨口回答他……她真想回到過去摀住自己的嘴！

依眼下情況推論莊亦誠還不知道她家準確的位置，所以他是埋伏在公車站牌那兒直到她回來嗎？這下慘了，要怎麼樣才能擺脫莊亦誠的跟蹤……賀小杏心驚膽顫，咬緊牙關試圖穩定氣息，步伐慌亂，卻只能漫無目的地硬著頭皮向前走著。

總而言之，她必須趕緊找出一個突破口結束此刻的僵持。

賀小杏冷靜地觀察四周環境，選擇先出其不意彎進前方的轉角，再順勢拐進其中一條小巷，她對自己的腳程有自信，打算繞一圈甩掉莊亦誠再趕緊回家，這一帶有不少小巷弄，不熟的人容易迷失其中，但她在這兒住了十八年，她熟悉得很！

於是下一秒賀小杏奮力奔跑，剎那間便沒入街角。

然而她的兩條腿卻彷彿被綁上了幾百噸的鉛塊，沉重又無力。

她想跑得快一點、再快一點——

而此時她聽見另一道與她節奏迥異的腳步聲徒然重疊，她邊跑邊趁勢往後看，莊亦誠不出意料跟得死緊。

不要！

不要過來！

她的呼吸急促，胸腔簡直快要炸裂，明明論體力要上山下海不是問題，連跑馬拉松都只是小菜一碟，為什麼現在卻喘到要吐了，要是、要是會瞬間移動就好了——

賀小杏在昏暗之中迅速跑進預計的小巷，她心臟跳得劇烈，劇烈到欲將超出負荷，恐懼讓她焦慮不安，猶如被追殺般的狂奔，那窮追不捨的腳步聲沒有消失，那道糾纏的身影還在光影之間穿梭，模樣好像愈來愈近、愈來愈清晰——

「賀小杏。」

不、不會吧？

追上來了？

思緒混亂間，她猝不及防聽見有人喚了她的名字，腳步愣然頓了兩拍——

「小杏，來這邊。」

又一次的，電光火石之間，她的手腕被輕輕一捉，這回還來不及反應，整個身體重心不穩跌進一條不在預期之內的小巷弄內。

「喂你——」

賀小杏奮力甩開圈住自己手腕的手，想轉身逃離的瞬間，頭頂卻輕輕飄來一句溫和的聲音：「是我——我是歐墨。」

歐墨？她錯愕地心一驚，與此同時，他左手又忽然環過她的肩，額頭被他的右手掌輕輕覆蓋，布質衣料擦過她的鼻尖，整個人順勢被迫倒退幾步，兩人陷入更深沉的夜色，接著他的嗓音低了幾分：「賀小杏，別發出任何聲音……」

他一句話猶如施加催眠的咒語，賀小杏繃緊神經，大氣也不敢吭一聲，只能揣著忐忑不安的情緒小心觀察外頭情況……然而就在這時，她餘光愕然竄入莊亦誠的身影，他沒發現她，卻只面無表情站在原地，左手拿著手機，右手接著從側背包取出另一支手機——

幾秒鐘後，她口袋裡的手機隨即不合時宜地開始響了起來！

賀小杏連忙伸進口袋轉成靜音，她愣愣地又往小巷口望去，只見莊亦誠右手拿著的手機持續閃著刺白的光，他神情詭異，胸膛微喘著氣，沉默地左右張望，八九不離十是在找她，鬼鬼祟祟的模樣儼然如同恐怖片裡的連續殺人犯。

見狀，賀小杏緊張地更往後縮，唇抿得死緊，深怕會不小心發出聲音暴露自己的存在。

毛骨悚然宛如滔天巨浪，一下又一下朝她鋪天蓋地襲捲而來，她恐懼至極，害怕被漩渦吞噬，歐墨注意到她緊繃的顫抖，悄然無聲地橫過身將她整個人更完全罩住，也阻絕莊亦誠四處掃射的視線。

「別怕、別怕。」然後，他以只有她能聽見的音量輕聲說，像是在安撫一隻害怕得無處可躲的野貓。

賀小杏下意識抓緊他的手臂，就像抓住了一根漂流木。

短暫的十秒鐘漫長得宛如十個世紀，左胸口的心跳聲因恐懼更顯震耳欲聾，連血管也緊繃，賀小杏憋著氣，視線再次往小巷口觀察，發現莊亦誠神不知鬼不覺消失不見了。

見狀，賀小杏僵硬地小小鬆了口氣，卻絲毫不敢大意，難保莊亦誠其實沒離開還在附近徘徊，她無法輕舉妄動，可又不可能一整晚都躲在這條巷子裡——

「妳在這兒等我。」背後的歐墨彷彿聽見她內心聲音，驀然輕聲道。

她反射性脫口問：「你……要去哪裡？」

「別擔心，我去幫妳確認那個男孩往哪個方向走。」

語畢，歐墨隻身走出幽暗的小巷弄。

賀小杏獨留在原地，嚥了嚥唾沫，此時位置剛好處在小巷正中央，不上不下的尷尬局面，只能觀察左右動靜，也或許是稍微卸下了戒備，耳朵這才隱隱聽見那些蟄伏於夜色的蟬鳴。

她就這麼乖乖聽話連半步也不敢亂動，直到一抹晚風徐徐刮起，被雲霧遮蔽的月光隨之零散落下，一併吹散她周遭的昏暗，與此同時歐墨重新走了回來：「那個男孩往公車站牌的方向走了，妳可以出來嘍。」

聞言，她的警報終於正式解除。

不一會兒，賀小杏終於回到早在十分鐘前就該進屋的家，她佇立在門板前，掌心攥著鑰匙，回憶起方才那前所未有的煎熬，覺得像多此一舉繞了一圈地球。

逃亡般的過程中，她曾有一瞬多麼盼望自己是鬼，這樣至少她就不必漫無目的地躲藏，沒人能看見她——

然而這時，歐墨卻出現了。

這樣突如其來的荒唐情況下，歐墨的存在竟反而給了她踏實的安全感，出奇不意地將她圈進連月光都無法照耀的堡壘，遠離了來自人類的危險。

有些諷刺，卻又十分奇妙。

❀

夜已漸深，幾分鐘前的驚魂彷彿只是稍縱即逝的一道強風，此刻世界恢復平靜，只剩滿地溫柔月色。

喀噠一聲，賀小杏打開大門。

右腳剛踏入門檻，她頓了一秒，又轉過頭看向隻身佇立在月光下的歐墨，他沒有要跟著進屋的意思，只是單純站在原地。

賀小杏的手指糾結地捉著衣襬，罪惡感啊罪惡感……那些罪惡感又像噴泉一樣冒出來了，愈來愈多、愈來愈濃稠……於是她握拳抵在唇邊假裝乾咳幾聲，然後問：「……你不進來嗎？」

聞語，歐墨挑了挑眉，隨後唇角微勾，跨步跟上。

屋外是一片祥和的靜謐，屋內也同樣是滿室的安靜，安靜之中卻帶著一點尷尬的氣氛……而這尷尬感的來處，源自於賀小杏。

賀小杏坐在沙發最左側，歐墨坐在沙發最右側，兩人中間隔著一隻坐得端正的泰迪熊玩偶。

兩人你不言我不語，沉默以倍數發酵。

「那個……剛才，謝謝你。」良久，賀小杏率先打破沉默，轉頭向歐墨道謝。

「沒事，我也沒幫上妳什麼。」歐墨偏頭，對她淺淺莞爾。

「但你怎麼會知道我在哪裡？」她疑惑。

「我看見妳表情很緊張地從門口走過去，接著又看到那個男孩鬼鬼祟祟地跟在妳後面，有不太好的預感，於是我就去看看情況，馬上就找到妳了。」

「哦——原來你還在家裡！」賀小杏恍然大悟，小小驚呼了下，囁嚅：「我還以為你真的離開了。」害我不知不覺愈來愈有罪惡感……她沒說出後半段這句話。

「我當然還在。」歐墨瞬間變成一隻無辜的小狗狗，委屈地皺了皺眉。「我知道妳會怕，所以我才刻意躲起來啊。」

「……」賀小杏像聽見什麼恐龍時代的笑話般腹部大力「哈」了一聲，反駁道：「誰——怕——了，我上次都說了又不怕你！」只是接著她又有些好奇：「那所以你都躲去哪了？頂樓嗎？二樓陽台嗎？還是後院？」

「妳管我，這棟房子我想去哪就去哪，反正不會是躲妳房間就對了。」

瞧他一副鬧彆扭的孩子般，這竟讓她有點想笑，於是嘴角忍不住抽搐了兩下，歐墨見狀，轉頭瞪了她一眼。

賀小杏一把抱住泰迪熊，盤起腿面向他，她回想起他們第二次見面那天，歐墨氣呼呼又崩潰地嚷嚷著她不該企圖趕他出去的激動模樣，依稀記得那時聽見他說自己以前也是人類……

「所以你是從很久以前就住在這裡？我是說活著的時候——呃，該怎麼講，你以前……也是人類嗎？」

「嗯，對噢。」

「歐墨這個名字，也是你以前的名字囉？」

「是啊。」他點頭。

「那你為什麼會ㄙ——啊，抱歉，我問得太順了。」

歐墨知道她想問什麼，他唇角微彎，神色輕鬆坦然。「老實說我沒什麼印象，最後的印象就只停留在自己本來是躺在床上睡覺。後來，我覺得好像做了一場很久很久的夢，就連現在也像是在夢裡一樣，但我知道我是醒著的。」

賀小杏聽著，不免猜想歐墨以前可能是在睡夢中過世的吧。

恍恍惚惚的，她也想起以前曾聽大人們說過，關於人的死法有許多種，在這所有之中，不痛不癢地在睡夢中死去，或許就是最幸福的了。

她默了幾秒，話鋒一轉又道：「聽說地基主只會堅守在屋子裡，怎麼你好像喜歡在外面趴趴走？我記得你上次也說你那天是在散步，想逗貓結果才——」

「妳那顆小小的腦袋怎麼會裝這麼多問題？」

「是因為只待在房子裡太無聊嗎？」

「……嗯，是啊，有時候。」

「哦，原來是不務正業的地基主——」賀小杏似笑非笑。

「不……不務正業？」聽見她的調侃，歐墨竟頓時啞口無言，面頰還若有似無飛過一抹淡淡緋紅。

「話說那天早上是你在敲桌子嗎？還敲了三下。」賀小杏邊問，同時伸出食指往桌面也輕輕敲了三下。「是因為你知道我快遲到了，所以才提醒我要起來嗎？」

「因為我聽見妳的手機鬧鐘連續響了好幾次，但妳卻都把它按掉。」

「那……這隻泰迪熊，你還幫我撿起來放回沙發嗎？」

記得當天晚上回到家後，餓得前胸貼後背的賀小杏一屁股坐上沙發，準備大快朵頤順路買的海鮮粥，結果赫然發現原本早上出門前被她手忙腳亂不小心撞飛的泰迪熊玩偶，竟然好端端地坐在她旁邊。

歐墨點點頭，還兩手突地朝她一攤，反問：「所以妳是不是該感謝我？」

竟然真有這種事！她眼神閃爍，忽然莫名有種興奮的感覺，明明幾天前的自己還為此感到排斥想逃離，現在卻反而覺得特別有幾分意思。

「哇靠，太神了吧……」賀小杏新奇地笑了出聲，興奮的情緒湧起，抬手一把往他的手掌頑皮地大力拍下去，接著卻旋即瞪大眼，挑眉驚呼：「咦？是熱的？」

歐墨只是慢悠悠地再次攤開手掌，她試探性地伸出手指，食指指腹貼上他的掌心，藉由指尖傳遞隨即感受到一抹結實的溫度。

賀小杏十分驚訝，這時也才恍惚想起剛才在小巷被他的手臂圈住時，後背也隱約感覺到除了自己以外的溫度……原來不但有所謂的軀殼，更甚至還有像人一樣的體溫。

「原來神也有體溫？」她又趁機往他寬大的掌心戳了好幾下。

「是妳的手太冰了。」歐墨無奈失笑，趕緊縮回右手否則一不小心會被她鑿出窟窿。

對於眼前這前所未聞的畫面讓賀小杏感到格外新鮮，而她還想向他問些什麼時，肚子卻猛地傳來一陣哀號，有些餓了，畢竟整天下來沒吃進什麼正餐，倒是攝取了不少酒精。

「啊對了，我過年的時候都沒有在家拜拜……」賀小杏從茶几抽屜摸出一片巧克力，接著撕開外包裝。「你會生氣嗎？」

「我為什麼要生氣？」他疑惑歪頭。

「因為這樣不會餓嗎？還是其實你們是可以不用吃東西的？」語落，她豪邁地張口咬下一大塊巧克力。

自從高一那年父母協議離婚各自投入新家庭後，一開始賀允丹依然會像往年一樣在農曆新年照傳統習俗準備供品祭拜，而後來隨著結婚搬離這兒後，只剩自己一個人的賀小杏就不再繼續了，最初是因為她單純忘記，後來她默默想著如果不拜應該也不會怎麼樣吧，於是就這麼一年又過一年……

咬下第二口巧克力的賀小杏思及此，再默默對上歐墨那雙清澈如水的眼，莫名又感覺有千噸重的罪惡感掉了下來砸在她肩上，重到她覺得這巧克力太甜膩了，不想再吃第三口，就把它暫時擱在桌面。

「就我而言，我是無所謂。但如果有的話，我會吃，特別是……這個。」

賀小杏的視線順勢跟著他手指的方向望去，挑眉。「哦——原來是喜歡吃巧克力的神明。」她呵呵笑，還莫名有種鬆了口氣的感覺。「這怎麼有點像土地公跟月老，聽說祂們很喜歡吃甜食，你認識祂們嗎？我有個朋友很愛去拜月老，每次去月老廟求籤的時候都買超多甜食，尤其是小泡芙——」

她自顧自地說，歐墨只是靜靜聽著，心中暗自在想，她一定是完全忘記小時候某年除夕，曾偷偷把一片巧克力塞在擺滿供品的桌台上，媽媽以為她想偷吃雞腿，結果賀小杏童言童語地燦笑回答：「我也想讓我們家的神明吃吃看巧克力！」

這樣一對比下，時間……可過得真快。

「……你在笑什麼？」見他忽然微微撇頭，肩膀還若有似無抖了兩下，賀小杏好奇挑眉。「我臉上有什麼東西嗎？還是沾到巧克力了？」說著，她用手背隨意抹了兩下嘴巴，還真沾到了。

「喔——沒什麼。」歐墨故意用吊胃口的語氣回應，接著又慢悠悠地說：「我只是忽然想到妳和妳家人搬進來的那天，妳還被我嚇哭了。」

聞言，賀小杏愣了愣，反手指向自己。「我？」

「嗯哼。」

她瞪大眼。「屁咧——怎麼可能，我從小到大根本沒看過你，而且以前去地下街算命，那個阿婆還說我八字很重，所以……」噢，不對——依稀記得搬進來那年大概是三歲，俗話說小朋友容易看見鬼……賀小杏皺眉深思，但三歲小屁孩是能有什麼深刻回憶，完、全沒有任何印象。

「我那時候還很熱情地舉手跟妳打招呼喔！」說著，歐墨還半抬起手晃呀晃。

「……」

「好吧，看來妳真的忘記我了。」他明知故問，似笑非笑。

後來，好奇寶寶賀小杏不嫌累似地繼續巴著歐墨問了一堆問題，兩人你問我答，最後他被煩到乾脆當縮頭烏龜背過她，結果她不善罷干休硬把他扳過來，睜著圓眼，一臉認真地又問：「那所以，你能像超人那樣飛到天空嗎？」

「……」

「你能預測下期的頭獎號碼是多少嗎？」

「都不行。」歐墨皮笑肉不笑。「可以放過我了嗎？」

「好咩，那再讓我問最後一個問題就好。」賀小杏的下巴抵著泰迪熊的頭頂。「你總是會在這裡嗎？以後也會繼續待在這棟屋子嗎？」

「當然，我一直住在這裡呀。」歐墨回答。接著他默了幾秒，又道：「如果妳嫌我煩，或覺得討厭，除了搬家外，就——祈禱哪一天突然又恢復成原本沒有靈異體質的妳吧。」

她眼珠子轉了圈，抿唇想了會兒，喃喃：「靈魂出竅？」接著狀似嚴肅地開玩笑說：「那我要再摔一次車？喔不要，痛死了……算了不管了，反正我們就和平相處吧，我就當作多了一個……神明室友？」

歐墨看著她，匪夷所思地皺眉，眼底盡是不可思議，最後被她一會兒抱頭哀怨一會兒豁然開朗的小表情給逗笑。

「賀小杏，妳還真是一個奇怪的人。」他說。

Chapter 03・迷路的孩子

世界依然運轉，生活依舊平凡，白晝與黑夜輪流變換，一天不知不覺結束，接著又是一天新的開始……

賀小杏已經逐漸習慣歐墨的存在。有時一早醒來睡眼惺忪走下客廳，她經常能看見歐墨坐在窗台處，那扇窗戶被打開了一點點縫隙，清晨的風徐徐溜了進來，若有似無地把兩側燕麥白的長窗簾晃出小小的波浪。

在漫天金燦晨光下，他焦糖色的髮變得更蓬鬆柔軟，神情溫和慵懶，像是撲上一抹朦朧透明，他總是嘴角微揚，悠悠哉哉地晃著長腿，整個人彷彿融在陽光中，閃閃發亮，如夢似幻。

「嗨！早安。」

偶爾歐墨會揚起一張爽朗笑顏，抬起手向她道早安。

偶爾歐墨就只是淡然地望著窗外，墨黑色的眼眸在和煦日光中像是一顆晶瑩剔透的水晶。

每一天、每一天，他都在，不曾離開。

賀小杏發現一種現象，只要他出現的時候，那天就會是好天氣，彷彿永遠都是風和日麗的晴朗日子。

另一方面，逐漸習慣的不只是家裡多了一名「新室友」，關於自己的靈異體質，她也不再排斥，畢竟只是單純變成眼睛看得見祂們的存在、耳朵聽得見祂們的聲音，只要互不干涉、互不招惹，其餘倒也沒有太多改變，一切就如往常的日子般平凡。

雖然——還是難免會出現有那麼點煩躁的情況。

「妳……能不能別一直跟著我？」

二樓後場，將襯衫袖子擼至胳臂的賀小杏，正蹲在地上把最後一箱待寄出的貨物封箱，才剛撕開一段膠帶，餘光赫然瞥見層層紙箱縫隙間有一張……嚴格說來只有一半的鬼臉正盯著她看。

賀小杏無動於衷，只是面無表情，眼神無奈，然後嘆了一口長氣。

她單手托腮，語帶倦怠道：「……這次已經是第八次了，妳能不能去別的地方玩？」

祂是個小女孩，年齡大概落在五、六歲，身上穿著骯髒的小洋裝，東一塊西一塊沾染著像是乾涸血跡的不明髒汙，已經無法看清衣料最初的顏色，只有右腳穿著一隻紅色娃娃鞋，祂的脖子不符人體工學的向右傾斜，左臉頰的部分被硬生生撕開般，從嘴角延伸至耳廓，像是在笑，永遠都像個純真的孩子在笑——

第二次看見小女孩是前幾天在二樓的女廁，當時距離百貨開店還有一個多鐘頭，賀小杏為了買早餐所以比平常早出門。這時的樓面幾乎只有她一個人，她抹了肥皂洗手，洗到一半時右後方的烘手機忽然轟轟轟的響起，隨後透過面前的鏡子看見有個小女孩正抱著膝蓋蹲在那兒，她腦袋立刻就浮現出那次在天花板出風口看見的那張鬼臉，一模一樣。

視線接觸的剎那她雖下意識瞪圓了眼，但下一秒便面無表情，佯裝若無其事繼續低頭將泡沫沖淨。而小女孩卻像是知道她的「發現」般，默默站了起來，伸手往烘手機口揮了兩下，隨後便又是一陣轟——轟——轟——，祂自個兒玩得不亦樂乎，彷彿想要吸引賀小杏的注意，只是她從頭到尾都無動於衷。

然而，這彷彿是一個的引爆點，因為後來的幾天，賀小杏發現那個有副駭人樣貌的小女孩似乎變成一隻跟屁蟲，她去哪，祂就在哪出現，去一樓辦公室繳交班表時、在四樓員工休息室用餐時、將客人遺漏的發票送至七樓給對方途中時……每每餘光隨意一瞥，她便能輕易察覺到小女孩的存在，雖然賀小杏可以感受到祂沒有任何惡意，只是幾次下來，她還是被騷擾得不得安寧。

晚間十點零五分，送客廣播結束後大家魚貫步下樓梯下班回家，而賀小杏卻還一個人留在櫃位。

她將每日業績回報至公司後將電腦關機，接著把剪刀與美工刀放在堆滿道具的小推車上，隨後一路推往二樓樓面櫥窗的位置。

二樓樓面的櫥窗共設有三個，是人潮必經的地段，每家品牌都可事先向樓管申請櫥窗的位置，其目的是為了增加品牌曝光度，基本上更換頻率是每個月固定一次，而這個月正中央的櫥窗是由ＤＩ申請的。

更換櫥窗陳列耗費的時間可長可短，必須在百貨打烊後進行，有些品牌會直接貼上一目瞭然的視覺圖，十分鐘內可完成，而有些品牌則是會將整個櫥窗空間打造成一座小型展示間，偶爾弄到最後整層樓面的電切斷了都是家常便飯。

將展示的幾樣新品、陳列用的道具以及數捲比她還高的海報掛軸一字排開，賀小杏隻身站在空蕩蕩的櫥窗內，端著手機對照著公司美編寄來的設計圖，粗估一個小時內能全部完成，於是她把一頭長髮往上紮起成丸子頭，二話不說開始動工。

「咦，小杏妳們家這次不是還要額外用木板貼牆壁當背景嗎？妳一個人來得及弄完嗎？」負責管理櫥窗的吳琦從一旁探出頭問，她剛才正在幫忙左側櫥窗的珠寶櫃姐調整看板高度，而右側櫥窗的皮件櫃姐現在已經弄好準備要離開了。

「嗯，可以——」賀小杏專注地將最後一片木板貼牢，先把最費時的部分解決後剩下的部分就輕鬆多了，接著她將其中最大捲海報掛軸的透明塑膠袋拆開，眉眼閃著調皮，打趣壞笑：「反正沒關係，妳會陪我到最後啊。」

「欸靠不要這樣，妳沒弄完的話我也不能下班耶！」

「對了，請問有鐵梯嗎？我要掛海報掛軸，但搆不太到天花板，可以跟妳借嗎？」

「有，但我現在走不開……鐵梯放在茶水間角落，妳翻一下應該能找到。」

「沒關係，我自己去拿就好。」

於是賀小杏折回二樓茶水間，她一肩扛起鐵梯，途中經過寄貨區，餘光又瞥見小女孩那小小的身軀正躲藏在紙箱間。

賀小杏這次依然裝作沒看見祂，結果祂卻反而默默跟在她後面，就這麼一路跟著她走到櫥窗。

「……」賀小杏懶得理祂，眼下只想趕緊把手邊工作處理完成好下班回家休息，也幸好小女孩就只是默默蹲在旁邊看她爬上鐵梯，倒也沒出什麼亂子——

才怪！

「……妳、妳別亂動！」嘴邊咬著兩根鐵絲的賀小杏正準備將另一端的掛軸與天花板的桿子綁起時，卻發現小女孩竟開始不安分地在底下玩起海報，由於海報很沉，儘管只是輕輕晃動卻連帶會影響到她左手扶著的重量。

「蛤？我又沒碰妳的梯子。」隔壁傳來吳琦的納悶，她以為賀小杏是在對她說話。「……好，這樣就差不多了，就等明天早上復電後再稍微調整一下吧，拜拜囉。欸小杏啊——剩妳了唷！」

而接著賀小杏也聽見隔壁櫃姐似乎也打包收工了，這令她莫名有些小焦急，小女孩卻還是繼續調皮地伸手又偷偷晃了兩下，這一晃使原本綁得好好的另一端海報掛軸往下鬆落了一吋，賀小杏凶惡地狠狠朝祂一瞪，咋舌：「就叫妳不要一直動了……」

「嘻——嘻嘻——」

然而祂卻彷彿對她這樣激烈的反應感到有趣，玩完海報後，又故意把擺在一旁剩餘的海報掛軸推倒——砰！雖然只有其中一根海報卷軸倒地，但在此刻格外安靜密閉的空間下仍造成不小的騷動，賀小杏要氣炸了，咬牙切齒，簡直要洩憤般的把鐵絲咬斷！

「我跟妳說妳再這樣一直煩我真的就要生氣了——走開！」賀小杏忍不住拔高音量朝小女孩怒吼。

「……妳到底在跟誰說話呀？」

這時，聽見聲響的吳琦從門後探出，她一臉奇怪地看著賀小杏，接著疑神疑鬼地左顧右盼，見狀，賀小杏隨口撒了小謊說只是剛才看到有蟑螂爬過去，結果吳琦還真的信了。

吳琦一心只想趕緊下班，於是連忙伸手替她扶正有些歪斜的海報掛軸，一邊咕噥：「蟑螂就蟑螂，不要叫那麼大聲好不好，害我以為是發生什麼事，妳要知道現在這層樓只剩下我們兩個人而已了耶……」

「哦……好啦，我真的快弄好了，只剩下那兩根海報要掛而已。」賀小杏有些漫不經心地回應，將鐵絲轉緊，視線再偷偷往櫥窗後的門看去，幾秒鐘前原本還站在那兒的小女孩此時已消失不見了。

回到家後，鬼迷心竅般的，賀小杏在網路搜索了幾個關鍵字，接著如她所猜，小女孩的出現並不是偶然。

優木百貨時期曾發生一場意外事件。

『北部知名老字號商場驚傳死亡意外！』

一行斗大的新聞標題率先刷入眼簾，相關資料多達數十頁。這場意外發生在七年前，被死神毫無預警抓走的，是一名再過不久即將要升上小學的六歲女童。

當時正值暑假，炎炎夏日有許多人會選擇到涼爽方便的百貨公司避暑，事發當日是星期六，館內舉辦了各樣大小活動，因此人潮十分眾多。女童的父母偶爾也會帶女兒到優木百貨逛街，而這天為了參加女兒喜愛的卡通人物見面會便特地一早就抵達現場卡位。

見面會結束後，女童笑容滿面，非常興奮，小手緊緊抓著氣球和方才與卡通人物的合照，而時間也來到下午兩點鐘，早該是用餐時間了，飢腸轆轆的女童喊餓吵著想喝果汁，於是父母便帶著她從六樓搭乘電扶梯往四樓美食區吃午餐。

一路上女童興奮地蹦蹦跳跳，才剛抵達五樓又擅自掙脫媽媽牽著的手亢奮地就往電扶梯口衝，結果玩得太開心一個不小心腳一絆，整個人活生生從電扶梯頂端一格、一格跌墜至四樓，左腳的紅色娃娃鞋在混亂間飛了出去，渾身傷痕累累，稚嫩的左臉頰被割出一道深刻傷口，幾撮頭髮甚至被捲進電扶梯，小手拿著的合照一角也被染上腥紅的血跡。

一切發生得太快，周遭目擊的民眾爆出慘叫，其中幾個人連忙上前協助，頭破血流的女童當場失去意識，隨即被送往醫院急救……然而經過搶救之後依然回天乏術。

後來，這場發生在百貨公司的死亡意外佔據社會新聞版面多日，女童的死狀淒慘，父母哭斷腸，不停懊悔著應該要好好抓住女兒的手，不斷責怪自己，悲痛萬分，淚如雨下，這場憾事也讓不少人為這條來不及長大的小生命感到遺憾不捨。

賀小杏讀到這兒，腦袋不自覺浮現小女孩來如影去如梭的小小身影，難怪祂只有右腳穿著鞋……

「喵——喵——」

此時，外頭隱約傳來一陣貓叫聲，賀小杏只是淡淡瞥了眼，入夜後這附近三不五時會有貓在發情因此她不以為意，指腹繼續往下滑，點開文章下方的影片連結，是當年的其中一則新聞台報導，然而貓的叫聲卻愈來愈近、愈來愈清楚——

好、好吵。

於是賀小杏索性起身查看，結果一打開大門就看見歐墨呈單膝跪地的姿勢在家門前，腳邊還躺著一隻懶洋洋的貓咪，一副愜意享受的姿態沐浴在月光下。

「抱歉之前嚇到你——」他乍看像是在自言自語。

賀小杏無語地看著。

「好、好——這麼愛撒嬌，你現在是不是原諒我了？」

歐墨笑咪咪地和那隻肉嘟嘟的貓說話，賀小杏明知故問：「你在幹麼……牠聽得懂你說的話嗎？你這個不務正業的神明真的很喜歡到處亂跑齁。」

「現在嘛，我需要一點私人空間。」歐墨沒有看往她的方向，話底含笑。

「呿，這句話應該是我要說的台詞吧？」

賀小杏上前湊近跟著蹲在他旁邊，才發現這是一隻有著明顯橘色斑紋的貓咪，屁股附近的毛色還有像是愛心的圖案，她手很犯賤地輕輕往牠的肥肚戳了兩下。

她悠悠道：「明明是流浪貓卻肥嘟嘟的，果然俗話說十隻橘貓九隻胖——」然而話才說到一半，她彷彿想起什麼似的，又猛然驚呼：「咦！牠！」

「嗯？」

「這隻貓——牠該不會就是那隻突然衝出來害我摔車的臭貓吧！」

「牠嗎——」歐墨輕輕搔弄牠的下巴，橘貓被撓得舒服，更往他的腿邊貼近，他樂極了，語氣也跟著輕盈，理所當然地回：「對喔，就是那隻貓。」

賀小杏微微瞠大了眼，隔了這麼一段時間，牠竟然還在這兒徘徊，還這麼逍遙自在。

「可愛吧。」

「哦——那現在兩個『凶手』都齊聚一堂了呢！」她兩手托腮，推起笑，卻像披著天使外衣的惡魔。

「妳就別氣了嘛……」歐墨無奈，委屈地頹下肩，賀小杏只是哼笑兩聲。

❀

「林小姐，這是您的發票和信用卡簽單……那商品這邊也都幫您包裝好了，拆封時請小心唷。這一袋是您要自用的蠟燭，因為數量比較多的關係，所以幫您套兩層紙袋會比較安全，那封口有綁緞帶的這一袋是要送朋友的擴香瓶，禮盒內也有附上我們的名牌小卡。」

「哇，妳真貼心，禮盒包得很漂亮耶，謝謝妳。」

林小姐是常客，她是一名在附近辦公大樓工作的上班族，通常會在週日中午過後到櫃上逛逛，多半都是自己一個人，有時候會和男友一同挑選，笑起來像隻可愛的花栗鼠，或許是緣分，每回都是由賀小杏服務介紹，久而久之兩人也會聊上幾句。

「不會，妳喜歡就好。」

「對了，我昨天和朋友到南部旅遊，帶了一點伴手禮，請妳吃。」林小姐走沒兩步又折回，從手提包裡掏出一包手掌大小的透明束口袋，裡頭塞滿了五彩繽紛的糖果球。

賀小杏有些受寵若驚，本想婉拒但對方已遞出，於是她連忙接下，莞爾致謝：「謝謝。」

「不會啦，小東西而已，那我先走囉，改天見。」

「好，改天見。」賀小杏揚起微笑，送至櫃位線微微鞠躬。「謝謝光臨。」

須臾。賀小杏與晚班的彭莉簡單交接完後，隨意從抽屜抓了個小提袋，打算到四樓美食街買個麵包配咖啡當遲來的午餐。

她推開門走進後場，下意識左顧右盼，沒瞧見小女孩的影子……

而正默默納悶自己的行為時，餘光瞥見長廊盡頭有幾名樓管，後場的環境是一條綿延的長廊，最兩端分別各有通往賣場的出入口，賀小杏遠遠地看見她們端著便當推開門走出，而視線往下幾吋，小女孩小小的身影也跟著在門闔上的瞬間一溜煙竄出。

……事發至今已過七年，祂可能還比她更熟這整棟百貨公司吧。賀小杏忽然這麼想，接著不以為意地按下電梯按鈕，就往四樓去了。

結果過了沒多久，當賀小杏提著麵包和咖啡準備回二樓員工休息室的途中，她在熙來攘往的人群間一眼就發現小女孩突兀地站在其中，且正面對著她的方向。

賀小杏經過祂時，僅僅只是稍微、稍微看了祂一眼，便若無其事繼續向前走，而小女孩突然往前跑了幾步像是要擋住她的去路，她依然面無表情地經過，祂又往前跑了幾步，就這麼來回重複了三次，直到賀小杏走進電梯。

接著不到一分鐘，當電梯門一打開，她眼前便猛地撞入小女孩那悽慘歪斜的「笑臉」，賀小杏肩膀很不明顯的小小抖了下，想教訓祂個幾句時，這才慢半拍發現祂身後站著一名不認識的櫃姐在等電梯，臉上寫著大大的不耐煩三個字。

「妹妹，妳一直站在門口到底要不要出來？」她皺眉問道，乾脆直接走進電梯按下一樓按鈕。

賀小杏旋即走出電梯，有些尷尬地落下一句：「不好意思。」

電梯門在背後重新關上後，賀小杏瞇眼瞪向小女孩，掄起右手拳頭作勢要揍人，冤枉道：「妳看……都是妳，害我被她誤會。」

小女孩只是默默不語地站在原地，賀小杏與她一人一鬼乾瞪眼，瞪了好半晌後，她敗下陣般先移開視線，突然覺得這樣的自己好蠢……但明明根本無法辨識祂的表情，賀小杏卻覺得祂似乎很開心，玩得很開心。

「知道嗎，我現在要賄賂妳——」賀小杏不管祂是不是聽得懂她說的話，只是自顧自地從口袋摸出一顆桃紅色的糖果，接著蹲下身放在一旁相當不起眼的小小角落。「雖然我知道妳不會害我……但妳啊，別一直三不五時跟著我了，去別的地方玩。」

語畢，祂仍只是直直地盯著她看，賀小杏也無從得知她是否聽得進去，有些小無奈地搔搔臉頰，也沒再多說什麼，便越過小女孩，走往員工休息室用餐去了。

十分鐘後，嗑完一顆香草泡芙的賀小杏才正想咬下第二個麵包，手機開始震動了起來，是彭莉的來電。

「小杏抱歉，妳現在能回來一下嗎？」彭莉的語氣聽來有些急促，接著音量又瞬間變小，逼近氣音的程度：「……陸小姐來了，她現在在櫃上，她說要找妳。」

賀小杏一聽，便隨即明白這是緊急情況，於是她沒多問，只是回答：「好，我馬上回去。」

掛上電話後，她連忙收拾殘餘垃圾起身離開，途經電梯時，她順勢往那兒瞥了一眼，眼尖發現剛才放的那顆桃紅色糖果已經不見了，是小女孩嗎？所以她真的聽得懂？不對不對，現在重點不是這個……

當賀小杏跑回櫃上時，還沒走近就看見陸小姐正愜意地拿起一顆幾天前才進貨的新品蠟燭仔細觀察，而一旁包裝台上堆滿了大大小小的品牌紙袋，全是她的戰利品，正在服務另一位顧客的彭莉悄悄偏頭對她擠眉弄眼，她立刻就讀懂她的意思。

「……您好？」賀小杏清了清喉嚨，接著上前靠近。

陸小姐一見到她便大力拍了下她的手臂。「啊，對嘛，黑色長頭髮的妹妹，我就記得我是跟妳買的，我有一次不是跟妳買了十顆蠟燭嗎？其中三顆我還加購禮盒送人，記得嗎？」

「有的，我記得。」賀小杏禮貌微笑。

她記得——當然記得，那天她是一個人上全天班，一早大進貨她忙到連午餐都忘了吃，偏偏又是難熬的生理期第二天，中間大致告個段落想休息一下，陸小姐便出現了，她很快就選定商品，這讓賀小杏有些意外，可沒想到接下來整整三個鐘頭都被陸小姐抓著聽她抱怨各種瑣事，完全沒停過，途中還扼腕地錯失了幾組客人。

陸小姐是一名年約五十五歲左右的時髦女性，算是較龜毛的顧客類型，她經常說先生是科技公司的副理，兒女也成家立業，自己每天閒著沒事幹就喜歡去花風逛街喝下午茶，平均兩個星期會靠櫃一次，每回至少會待上一個鐘頭，然而大部分卻都是抓著她們聽自己講話，聊最近訂製了幾件某英國品牌的洋裝、聊下個月要和朋友飛去希臘度假……

長期觀察下來，三人都覺得陸小姐其實人不壞，唯一的問題在於偶爾會表現出不給優惠就當場走人的高傲態度，她們只是領公司薪水的員工，無法擅自作主，有時連經驗豐富的店長都心力交瘁。

「來，妹妹，我跟妳說……」陸小姐從其中一個紙袋拿出一盒蠟燭，見狀，賀小杏心裡已有個底猜到她接下來要說的內容。「其實吼，這蠟燭的味道我買回家後還是不太喜歡，太甜了，很後悔買它，所以我今天想來換貨，我那天的發票也找出來了喔，可是妳們家另一個妹妹剛才跟我說不能換耶。」

賀小杏看了眼攤在桌面上一張皺巴巴的發票，購買日期已經是上個月初的事了，於是她語氣緩和說明：「是的，因為我們公司規定商品購買超過七天後就無法進行退換貨了。」

「蛤——可是我到現在都還沒點過半次，連外盒都留著，真的都全新的，不信妳可以檢查看看。」

「不好意思，真的沒辦法讓您換貨。」

陸小姐咋舌一聲，嘆了口氣，道：「妹妹，妳也別這麼一板一眼嘛，反正只要妳不說我不說，誰會知道這蠟燭有被換過？妳們自己內部應該也可以調整帳差吧？這麼簡單的事……」

聞言，賀小杏的理智線斷了一半，差點就要脫口別得寸進尺，畢竟陸小姐之前早已有在購買超過七天的情況下執意換貨的先例，當時是由店長處理，店長評估後由於商品單價不高再加上為了避免造成訴怨，因此表面上同意換貨，實際則是由她自行吸收，當時也特別向陸小姐說明僅此一次下不為例，賀小杏隔天得知發生這種事後很替店長感到委屈，畢竟一天的薪水就這樣白費了。

「妳就讓我換一下嘛，我想換成我剛剛看的那顆一千八百塊的，我可以再補差額。」陸小姐仍十分堅持。

「我們真的沒辦法幫您換貨，很抱歉。」賀小杏依然維持親切禮貌的態度。

「吼……妹妹妳怎麼這麼固執啊，就讓我換一下是會怎樣？」陸小姐最終敵不過始終保持微笑的賀小杏，無奈地又嘆了口氣，接著兩手一攤，改口道：「算了，那我總可以退貨吧？我就是不喜歡這顆蠟燭的香味嘛！」

對於陸小姐逐漸崩壞的態度，賀小杏的嘴角抽搐了兩下，內心無言歸無言，還是只能柔聲回：「我們公司規定只要超過七天就是不能退換貨，而且其實基本上若要進行退貨，也必須整筆訂單一起退。」

「吼，妳是答錄機嗎，一直重複講一樣的話……我有些蠟燭早就已經送人了啊，我現在就只是想要退這一顆蠟燭而已，妳們退我錢就好了呀，這種小事有這麼困難嗎？」陸小姐不耐煩地說，戴著一克拉鑽戒的手指往桌面敲了兩下，音量越漸增大：「到底為什麼不能讓我退換貨？而且我是妳們家的主顧客餒！在這裡加總起來少說也消費了五萬塊以上——」

此時，一旁剛替客人結帳完的彭莉，注意到賀小杏的臉部表情產生微妙變化，這是暴風雨前的寧靜……她連忙湊近輕拍了她垂在腿邊的手背。

賀小杏從頭到尾只是沉默聽著對方的咆哮，無動於衷，卻已收起原本的微笑，面無表情。

「我跟妳講啦，妳們店長上次也有給我換貨，做生意有時候就是要圓滑通融一點，像妳這麼一板一眼哪能賺到業績，我也不是非得要在妳們家消費，我大可直接飛去國外買反而還更便宜——」

「沒關係，您如果不滿意的話也可以考慮別間品牌。」

一聽見賀小杏沒有任何起伏的回答，陸小姐被激怒得徹底爆炸了，食指指著她的鼻子，開始歇斯底里地朝她怒罵：「妳、妳這什麼態度！妳怎麼能這樣跟客人說話！樓管呢，叫樓管過來！」

「好，稍等一下，馬上幫您叫樓管。」賀小杏面不改色，從容地直接掏出手機聯絡今日值班的樓管。

「妳、妳——我一定要客訴妳！」見狀，本以為賀小杏會先向她示弱道歉的陸小姐被氣到無話可說，咬牙切齒。

不到三分鐘的時間，恰好是晚班的吳琦匆忙抵達櫃上，陸小姐立刻兩手一攤，眼神不屑地要賀小杏「好好地」跟樓管說明來龍去脈，看看究竟是誰對誰錯，賀小杏只是皮笑肉不笑，覺得自己遇到瘋子。

而吳琦看著賀小杏無奈的表情大概也略知一二，陸小姐一副受害者姿態般上前抱怨哭訴，當然也少不了幾句加油添醋，音量大到甚至連其他路過的客人都紛紛投來好奇眼光。

賀小杏依舊還是選擇沉默不語，神情平靜地站在櫃內。其實若真要鬥，她絕對能吵得比此刻歇斯底里發狂的陸小姐更凶更無賴，雖然苦了無辜的吳琦被當人肉出氣筒，但她不想更節外生枝，二來是覺得煩躁到了極點。

良久，吳琦安撫了好半晌，陸小姐終於稍微冷靜了下來，吳琦耐心地又重新解釋一遍，雖然基本上內容都和賀小杏方才說的並無差異。

「……是、是，好的，我明白了，我這邊會再與專櫃同仁協調，那關於退換貨這部分也是真的無法照您所要求的進行，畢竟專櫃有專櫃本身的規定，以彼此合作立場來講，我們百貨方面是無權干涉的……」

最後，陸小姐大概也是罵累了，總算甘願妥協，打消堅持退換貨的念頭，且也懶得再客訴，想退貨的那顆蠟燭就被隨意丟在一旁不帶走，趾高氣揚地伸手撈起包裝台上的戰利品們就打算離開。

「唉，浪費我一堆時間。算了，如果以後我還想買妳們家的商品，我就找妳……或妳們店長買就好，省得我找氣受。」臨走前，陸小姐揮舞著手指，要笑不笑地對彭莉道，而話語間的諷刺卻擺明是說給賀小杏聽。接著她刻意從賀小杏面前經過，視線由上而下的打量她，冷嘲熱諷：「……一看就知道是不愛讀書才在這邊做服務業，我看吼，以後也沒什麼成就啦，年紀輕輕就這種脾氣……講難聽點就是白目。」

賀小杏一把火直接再次點燃，她想為自己出聲反擊，對方卻早一步踩著高跟鞋甩著裙襬走遠了，於是到最後她就只能深呼吸、吐氣、深呼吸、吐氣，試圖催眠自己不要跟一個沒大腦的人類計較賭氣。

「小杏，妳還好嗎……」

彭莉見賀小杏默默躲進櫃內背對著她蹲下，旋開水壺瓶蓋喝了幾口水，卻低垂著頭，她以為她是忍不住在啜泣，畢竟無緣無故被羞辱了一番，心情肯定不好受，於是抽了兩張面紙想試著安慰她，卻發現賀小杏只是在低頭照鏡子，轉過頭說自己的眼妝好像因為流汗所以有點暈開，彷彿剛才的一切都未曾發生，彭莉被她打敗般的笑開了懷。

吳琦拍拍賀小杏的肩膀，苦笑說她能感同身受，想當初自己剛入行時也曾遇過更瘋狂更無理取鬧的客人，當時事情處理完後她直接躲進倉庫一個人摀著臉嚎啕大哭，明明只是想混口飯吃而已，被罵得太不值得了。

後來，賀小杏也將下午發生的鬧劇傳訊息告訴今天休假的店長。

店長聽聞只是無奈，她以過來人的經驗分享說一種米養百種人，出了社會難免會遇到不友善的人，但也別太記在心上，否則苦的人會是自己。

❀

有一種情況是，有時相同的畫面會莫名其妙在短時間內接連出現，包括那些似曾相識的情緒。

當天晚間六點，賀小杏下班後沒有回家，而是直接騎車前往一家中式合菜餐廳。

雖然當時在彭莉她們面前表現得好像若無其事，還能笑嘻嘻地開玩笑耍寶，但直到獨處的時候，勾住唇角的鉤子被摘下了，自己的心情還是受到影響，有些低落。

今天有一場家庭聚會，寬大的圓桌坐滿了人，都是爸爸那邊的親戚們。

小學時期以前，堂兄弟姐妹們偶爾會玩在一塊兒，只是隨著年齡增長，如今已不會特別聯繫，頂多只有逢年過節才會見面，也不會特別多聊，僅是噓寒問暖，於是此時此刻的賀小杏不禁有些尷尬，許久未見，甚至陌生，剛進包廂時其中一位姑姑甚至看了她一眼，接著疑惑地飄來一句：「她誰啊？」

飯局間，長輩們飲酒交談，孩子們在一旁打鬧追逐，而許久未聚，不免俗會被親戚們問起近況。

其中一位伯父忽然浮誇地驚呼：「唉呦，小杏怎麼變得這麼大一隻了，臉也胖這樣，吃太多垃圾食物齁，啊妳交男朋友沒？」

「沒有啦，我現在還不想談，而且我其實還瘦五公斤了。」賀小杏雖覺得有幾分刺耳，但知道伯父從以前就是這樣的調調，於是仍禮貌笑笑。

接著二姑姑問了大孩子們的升學或就業狀況，某個同輩的堂妹說大學畢業之後她要到美國紐約留學、某個堂弟說他要先當完兵，之後打算去考國考、另一個讀護理系的堂姊在校成績名列前茅，榜首勝券在握，另一個堂哥現在已經是一名服裝設計師……

「那小杏呢？我印象中妳好像是念語言相關的科系嘛？應該有去考證照檢定之類的吧？以後

要當老師還是去做翻譯？」

賀小杏點點頭。「去年有考過，但我最後的成績很普通，其實我也還不知道未來要做什麼……老師或是翻譯，我也都沒有太大的興趣。」

「蛤，可是妳讀語言的不做這些職業妳還能當什麼？」

「也不一定只能當老師或翻譯啊——」

二姑姑打斷她。「啊可是妳不是已經大四了嗎？再過不久就快畢業了餒，妳到現在都還沒想好畢業後的出路喔？」

「目前沒有什麼具體的想法……」賀小杏回答。

「是喔——」二姑姑伸手捻起兩粒葵花子，有些口齒不清地說：「哎，姑姑跟妳講，妳這樣不行啦，什麼東西都不知道，妳會先輸給別人一大截，妳要學學妳哥哥姊姊他們，不然看妳要不要乾脆去當兵好了，女生也可以當兵啊，現在這個時代吼，領政府的薪水比較有保障——啊妳現在有打工嗎？」

「有，我現在在百貨公司打工。」

「喔，這樣喔……好啦，至少妳有打工賺錢總比老是花父母的錢好。」她的表情顯得無趣，接著話鋒一轉，笑眼眯眯轉向其中一位堂姊問道：「所以妳剛才說妳要去美國的哪個城市留學啊？很厲害餒，這麼優秀——」

堂妹害羞道：「姑姑妳太誇張了，我要留學的地方是在紐約，科系是心理相關的——」

後來的整場餐會，賀小杏彷彿被若有似無剝奪了發言權，她默默吃著碗裡的食物，偶爾被點名時會微笑回應或是跟著附和幾句，她聽著其他兄弟姊妹談論著關於自己的理想，漸漸地，在這間飄著菜餚香氣的包廂中，在此刻熱鬧的氛圍下，他們的聲調越是充沛，她們的眼裡越是閃亮，她就莫名覺得自己變得愈來愈渺小、愈來愈自卑……

❀

賀小杏趴在學校行政大樓五樓的鐵製欄杆邊，灰暗的陰雨天下，她的眼眸被燻得迷離無光，五層樓高的風吹得猖狂，她沒去理會，任憑髮絲胡亂拍打臉頰。

賀小杏懶洋洋地垂首，視線望著底下一樓某根水泥圓柱旁的小草，那是一株孤零零、只要用手指輕輕一拔就斷的小草，儘管它始終抓著土壤……她想看得更清楚一點，微微踮起了腳尖，那株弱不經風的小草好像距離自己更近了些，這時候她的腦袋恍惚地想，啊——是不是從這裡跳下去就不用那麼煩惱了？

「嗚……」

近乎一秒鐘的時差，她聽見一道微弱的啜泣聲，然而左右兩側連半個人影都沒有，她再轉頭望向身後，發現有個瘦弱的女孩子背對著她雙手搭在欄杆上，和她一樣，只是那個女孩子純白的上衣突兀地染著幾塊深淺不一的黑色，肩膀還微微地顫抖——她在哭。

與此同時，女孩彷彿感知到來自背後的視線，她繃著臉立馬轉過頭來，賀小杏便看見她藏在瀏海下的眼睛紅腫無比，看來是哭了很久很久。

「小杏妳在看什麼？哦……怎麼有人在哭。」這時從旁邊女廁走出來的彭莉邊用面紙擦乾手邊靠近注意到賀小杏的視線於是也跟著望去，女孩立刻顫巍巍地又縮著身轉回。

「欸欸妳們誰身上有衛生棉可以借我——我大姨媽來報到了。」最慢的阿信甩著手從女廁走出來。

「我剛結束，但我包包有備用的，等等拿一片給妳。」賀小杏道。「走吧彭莉，回去了。」

「喔，好……」

有點在意的彭莉本是想將口袋剩餘的面紙給那個哭泣的女孩，但馬上就被賀小杏勾住胳臂，於是停留的目光很快就被兩旁又吵又鬧的好友們覆蓋。

嘩啦嘩啦——

秋末的午後時分，一場陣雨來得又快又急迫，城市漸漸被一片雨霧籠罩，天空的顏色變成更加混濁的灰黑色。

「快點快點，下雨了！」

「幹哈哈哈，我會笑死，妳們有看到剛才方馨晨的表情嗎？還裝什麼無辜……嘖煩，雨怎麼越下越大了！」

「真的很衰耶，好不容易熬到高中畢業，好死不死方馨晨又跟我們同校，還同班，傻眼！我只要想到以前她老愛仗著自己是班長管東管西就覺得煩，抽菸又沒礙到她，以為自己受老師寵愛就自以為了不起喔！果然被排擠不是沒有原因的。」

「雖然可惜了我那墨水，但剛剛那樣故意手滑潑在方馨晨身上有點爽，哈哈哈哈！」

「而且棠棠後來還被她搶走，妳們還記得高三期中考前換座位那次嗎？不過就剛好坐在一起而已，結果兩個人就好去了，本來我跟棠棠還比較要好欸，一定是方馨晨有跟棠棠亂講什麼……反正她也這麼討厭我們。」

「棠棠喔，她人就是太善良太隨和了啦，我前幾天也有看到她們兩個人在學餐排隊買飲料，感覺現在感情還是很要好。」

「看到方馨晨那裝清純的臉就覺得噁心，真希望她乾脆去死一死好了……噢！抱歉——」

「嘖，看路好嗎。」

幾個小大一新生咚咚咚的從後方橫衝直撞，其中一個女孩顧著嘻笑結果不小心撞到賀小杏，賀小杏蹙眉朝對方嘖了聲，女孩面色尷尬，吃鱉般地扭頭快走。

女孩們嘰嘰喳喳的聲音隨著跑遠而逐漸削弱，她們三人也繼續走往機車停車場，穿過昏暗的長廊，彎進了有遮陽罩的中庭。

大雨滂沱，雨滴沿著屋簷跌墜落下，賀小杏不發一語望著成串的雨珠跌進充滿淤泥的水窪，咚、咚、咚……雨聲在耳畔震耳欲聾，愈來愈轟動，愈來愈吵雜，內心莫名開始躁動起一抹煩悶不安，她一時間出了神，連旁邊的彭莉和阿信似乎正聊著什麼也聽得不是很清楚，思緒跟專注力被拋到九霄雲外——

啪噠。

「還是以研究所為目標吧，妳也知道，以我這樣的個性……而且又什麼專長都沒有，唯一有用處的好像就比較會唸書而已，反正以後找工作也比較好找。」彭莉傻笑。

「拜託，現在都什麼時代了。」

「那妳後來考慮的怎麼樣，決定簽約嗎？不是說有經紀公司找妳合作。」

啪噠。

阿信從口袋摸出一片泡泡糖塞進嘴裡。「噢，我後來就決定跟對方合作啦，雖然目前是先簽短期的兩年約，畢竟經紀公司也有他們的考量，但主要我自己也是想觀察一下，反正至少是做自己喜歡的事嘛，衝衝看也無妨。倒是我媽還是不死心，不斷洗腦我叫我畢業後乖乖去找份朝九晚五的穩定工作就好了，啊我就不喜歡，況且時代也不同了。還好我爸這次竟然蠻支持我的，想當初他看到我在房間做都市傳說，還氣得直接把我的攝影機當場摔壞咧。」

「哇，好厲害……」

「噗，妳也佩服得太早了吧。」

「就真的覺得妳很厲害啊，有多少人可以把自己的興趣跟工作結合。」

「嗯——也算是剛好有一個機會啦，當然要好好把握，但現在連個成績都還沒做出來妳就在厲害什麼啦……不過可以盡量說——嗯嗯，妳盡量說沒關係，呵呵！」阿信一臉暗爽。

啪噠。

「那小杏呢？」彭莉偏過頭，問道。

「喂，小杏妳在發什麼呆？」阿信突然一個旋身擋在她面前，三人停下了腳步。

「……喔，沒事。」賀小杏回過神來般，摸了摸後頸。

啪噠。

「妳畢業之後有什麼打算嗎？好像一直都沒聽妳提過。」彭莉再度勾住賀小杏的胳臂，三人繼續前行。

「畢業之後的打算……我不知道。」賀小杏搖著腦袋，最後的四個字像是在喃喃，帶著遲疑。

「現在已經十一月了，再過半年多就要畢業了耶，妳要好好考慮一下自己未來要幹麼呀，我們都二十一歲了，總之，反正還有一段時間，妳就趁著這段時間去思考一下接下來要做什麼，總不可能當一輩子的米蟲吧。」阿信說。

「當米蟲有什麼不好，我又不會到處咬人。」賀小杏咕噥。

「妳太消極了。」

「吼——我難道就不能這樣渾渾噩噩過日子嗎？反正不管怎麼樣，我們還不是都會吃喝拉撒睡……」

「我也覺得阿信說得很有道理。」彭莉默道。「現在時間還很多，妳就慢慢想，也可以跟我們討論，每個人對自己的未來一定都是迷惘的，但最後還是得理出一個方向嘛。」

「……」賀小杏抿唇別開眼，像個被父母叨念而鬧彆扭的孩子，神情竟也有幾分落寞，她心底其實也明白她們是在為她著想……「好啦，我會認真想想看。」

啪噠。

啪噠。

「妳生氣了喔？」阿信忽然探頭問。

「沒有。」

「明明就有。」

「真的沒有。」賀小杏好沒氣地強調。

「……妳看妳現在的臉這麼臭，我也不是故意要一直像爸媽那樣碎碎唸，只是我覺得畢竟我們也不是小孩了，妳也不能什麼都不知道，到了某個階段總要多少安排一下自己的人生規劃。」

啪噠。

啪噠。

又來了！又來了！

為什麼一直跟著她們！

「可是我就沒怎樣啊。」賀小杏哭笑不得地扯了扯嘴角，明明這個話題都順利結束了，為什麼還要再次挑起？「……難道我只是不知道自己接下來要幹麼就錯了嗎？」她無力地停下腳步。

「不是，我沒有那個意思，我也沒有說妳錯，我只是希望妳要真的好好想想——」

「我知道！但我現在怎麼想破頭就是不知道我到底接下來的路要怎麼走！為什麼每個人都要逼我！」

啪噠！

「好啦，妳們兩個也別——」眼見情況不妙，彭莉趕緊出聲緩和氣氛。

「吵死了！」

彭莉猛然被賀小杏逼近怒吼的聲音嚇了一跳，只是愣愣地看著她，而阿信一臉不解，態度也冷了幾分，皺眉直問：「小杏，妳講話口氣一定要這麼凶嗎？我們只是在關心妳而已，如果不是真心把對方當朋友的話，誰會沒事管這些？當吃飽太閒？」

賀小杏緊抿著唇，腦袋混亂的程度如同那些惱人的雨聲，餘光卻仍瞥見後方唯一留下的，只有她們三人沿路那一串串印著斑駁泥巴的雨漬鞋印……

她知道是自己沒能控管好情緒，甚至一味地把堆積在心頭的煩悶委屈任意發洩在她們身上。

賀小杏沉默片刻，無聲地嘆了一口氣，然後向她們道歉：「對不起，我剛才不是故意的，我知道妳們是為我好，我真的知道。」

阿信只是覺得莫名其妙，臉色依舊不是很好看，賀小杏感覺得到，於是她接著隨口說了身體不太舒服，就先不跟她們去喝紅豆湯了。

心理能影響生理，後來賀小杏還真有一股反胃的衝動，她連忙衝進最近的女廁，但扳著冷冰冰的洗手台許久卻什麼東西也吐不出來。

最後她只洗了把臉，而再走出女廁往她們三人剛才站的地方看去，已經沒能看見彭莉與阿信的身影。

賀小杏獨自一人走往機車停車場，腳步甚至有些落寞，暈眩的感覺還在，左胸口既空蕩卻又悶脹，似乎還默默多了一種鬧彆扭的心情。

而她走著走著，突然間有一陣巨大撞擊自後方襲來——「噢！」

賀小杏被撞得踉蹌幾步，吃痛地悶哼一聲，隨後扭頭瞪視那個不長眼的無頭蒼蠅。「喂，走路看路好嗎……」

「啊！嘶……抱、抱歉，不好意思——」

對方連忙道歉，賀小杏瞥見對方的手機摔落在一旁的排水孔，再幾釐米就會從縫隙掉下去，儘管十分莫名其妙，她還是將其拾起。

而拾起的同時視線恰巧落入一串手寫風的姓名，它被鍍在手機殼的邊緣——

『方馨晨』

大概是訂做的吧。她想起彭莉去年也曾送過類似這種手機殼給她當生日禮物，背板還有一張她們的手繪風合照。

接著賀小杏又發現旁邊有幾張A4大小的紙張被浸泡在小水窪裡，要破不破，黑抹抹的，只剩幾個歌唱選秀報名的字眼勉強看得清。

「妳的東西掉了。」賀小杏表情稍嫌不善，遞給她。

身形瘦弱的方馨晨怯生生地站起身接過，明明有副好聽的嗓音卻聽不出任何生機與元氣，殘弱地說：「……謝、謝謝。」

語畢，方馨晨垂著肩膀，不發一語地就快步離開了。

賀小杏拍拍自己手上的灰塵，腦海晃過剛才的畫面，方馨晨的面容憔悴難看，頭髮凌亂不堪，幾乎遮蔽了大半張臉，但她還是能隱約看見刻印在頰上的淚痕，還有伸出手接過的瞬間，那細白手腕無意露出的自殘傷痕。

賀小杏再探眼望去，方馨晨的身影在短短一瞬早已消失在盡頭，只剩下無窮無盡的漆黑，以及彷彿永不停歇的滂沱大雨。

前天店長和她說的話，賀小杏有聽懂，只是……只是就像正準備結痂卻又被硬生生撕開，某些刺耳的詞彙刺中了本就搖搖欲墜的心，腦袋反而更混亂了幾分，需要一點時間調適才能按下重新整理的鍵。

賀小杏是個單純的人，很單純的人，一體兩面之下，單純到其實很容易受影響，雖然偶爾習慣將最真實的情緒藏在深處，但並不代表她有盔甲保護。

她也很矛盾，好得快，痊癒得快，同時也容易受傷，容易不相信自己眼前的小世界。

❀

「做惡夢了嗎……」

恍惚間，她聽見一聲童謠般的呢喃，似夢非夢。

「醒醒、醒醒，別睡了……」

朦朧間，她感覺自己的額頭被覆上一抹帶有暖意的些微重量，這樣的觸感就像小時候某年夏天發了燒，媽媽挨在床邊伸手探了探她的額頭，然後鬆了口氣說：總算退燒了——

再次睜開眼睛的時候，已經是下午了。

賀小杏睡眼惺忪，仰躺在沙發上，客廳窗簾只拉了一半，外頭的晚霞穿透玻璃窗，將昏暗的屋內添滿些許朦朧的光亮，如夢似幻，這樣充滿懷舊感的光彩，讓她的意識逐漸清醒了過來。

賀小杏懶洋洋地坐起身，想起一早起來頭暈腦脹，只吃了片吐司後就倒在沙發不知不覺昏睡至今，她感覺自己的腳有些麻，試圖挪動姿勢，腿邊的泰迪熊順著毛毯傾斜滑落墜地，她懶得撿，又覺得口乾舌燥，也有些剛醒的暈眩感，正想找水喝，旁邊忽然冒出一道聲音：「妳醒了。」

「……哦！」賀小杏這才慢半拍發現歐墨坐在一旁的單人沙發。「你在啊。」

他只是雙腿優雅地交疊，眉眼淡定溫煦，接著將她原本放在茶几上的馬克杯伸手遞給她。

賀小杏接過，小口小口地喝著水，很乖巧，很安靜，像一隻難得撒嬌的貓。

寧靜填滿了整間屋子，天邊的夕陽還在燃燒，西曬的光線像絲綢般靜靜流進屋裡，她將馬克杯擱在膝蓋，杯裡還剩淺淺的水面，她整個人被半片陰影籠罩，表情若有所思，但眼睛卻彷彿被橘紅色的餘暉映得水潤剔透。

「妳心情不好？」歐墨問。

「你怎麼知道？」賀小杏下意識回答，隨後才愣了愣，埋頭將杯裡的水一飲而盡。

歐墨輕輕笑了，他將滾落在地毯上的那隻泰迪熊撿起放回她的懷裡。「如果妳不知道要找誰訴說，我願意聽妳說——如果妳覺得彆扭，可以當作我只是一個樹洞。」

「什麼……」聞言，她抬起頭，微微瞠大了眼眸。

「我會保守祕密的。」

賀小杏耷拉著腦袋，手指摩挲著泰迪熊的熊掌，沉默半晌才緩緩開口：「我跟朋友吵架了……雖然我們也不算真的有發生什麼爭執，是我自己自找麻煩，隨便就把怒氣出在她們身上——」

其實她很害怕。

從小到大，她什麼都不會，什麼都沒興趣，例如學業，國小、國中、高中甚至補習班都是家人要她去哪讀就去哪讀，大學讀的科系也只是當年憑著衝動隨便選的，偶爾隨波逐流，而更多時候是渾渾噩噩，漸漸的，她覺得自己好像就這麼自怨自艾長成了一個不討喜的人。

她不像彭莉，即使自嘲自己沒有半處專長，但她的心地總是善良，有著一顆聰明的頭腦；她也不像阿信，即使不被人看好，但她的眼睛總是閃亮，渾身上下滿腔熱血。

而她自己只會凶巴巴地出一張嘴，故作堅強，其實是在逞強，她沒有任何夢想，甚至沒有目標，所以她不知道自己接下來的方向該往哪裡走，不曉得自己的未來該如何規劃，她開始迷惘，迷惘自己的下一步；她開始糾結，糾結她存在的意義；她開始害怕，害怕睜開眼後又是一個未知的明天。

雖然賀小杏自己心裡明明清楚，在這個世界，每個人都是這麼走過來的，或許的確有些人天生就有用不完的幸運，但更多人是一步一腳印，慢慢地走，慢慢地向前行。

總是有些聲音在她耳邊盤旋，那些人說，妳不是小孩了，妳已經長大了，所以必須成為一個成熟的大人了，但所謂的成熟究竟是什麼——

「我很羨慕她們，真的很羨慕。」賀小杏苦笑：「明明我應該要對現在的生活知足，但還是會覺得自己像是迷路了，我不知道我有哪裡好，我能做什麼事？以後的日子我該怎麼辦？我好像永遠都找不到我的未來藍圖，我真的不知道。」

「妳只是在氣自己。」歐墨輕輕地說，字句卻飽含重量。「其實妳沒有必要非得找出自己好的地方，總有一天妳自己一定會發現它，有時候順其自然反而是最好的方向。」

「那萬一，我到最後都還是找不到呢？」

「會有人告訴妳的。」

霎那間，她眼底的徬徨逐漸隨著他清朗的嗓音淡弱了幾分，也看見他墨黑色的眼眸之中彷彿倒映著她的臉龐。

「相信我嗎？」

「好，我相信你。」她說著，像是將自己最後的籌碼交付於他。

所以啊，賀小杏真的是個很單純的女孩。

而在這樣的情況下，這是再好不過的好事。

良久，賀小杏走回自己的房間，她盤腿坐在床鋪上，分別主動撥了電話給阿信與彭莉。她向她們道歉，也向她們道謝，還近乎告白似地說了有她們在真好，逗得電話另一頭的彭莉格格格的笑，阿信只是浮誇地乾嘔一聲，罵她別再說了真是噁心這不是平常的賀小杏！

後來，賀小杏回到客廳，看見歐墨又一如往常坐在窗台處。

空氣中那些渺小的塵埃在粉橘色光芒下變得立體生動，歐墨置身其中，眼神溫和純粹，白瓷般的肌膚被打上一塊又一塊斑駁的碎光，焦糖色的髮被染得淺了一階色調，鍍上一層薄薄浮光，看起來毛茸茸的。

好像一幅畫啊，她凝視著，甚至有些出神，鬼迷心竅般地忍不住默默伸出手——

「賀……小……杏……」歐墨無奈地瞪著擱在頭頂鹹豬手的主人，好氣又好笑，委屈巴巴：「妳把我當狗嗎？」

「因為被光照著，看起來軟綿綿的很好摸。」賀小杏得逞般地揚起唇角，收回伸出的右手前還頑皮地趁機亂抓了兩把。

「現在說出來後，心情有好一點嗎？」他悠哉地晃著腿。

「嗯——好像有。」賀小杏聳肩笑答，她霧黑色的髮在餘輝下也透著朦朧的微光。順利按下了重新整理的鍵，那些濃稠的煩悶似乎如雨過天晴般，的確覺得內心舒暢輕鬆不少。「心情一好，肚子就餓了。」

「有沒有人說妳很逞強？」見她此刻帶點傻氣的模樣，他覺得有幾分有趣。

「沒有……大家只有說過我很漂亮。」

「……什麼啊！」

歐墨被她的反應逗笑了，笑得眼睛瞇成一條線。

Chapter 04・誰與誰的緣分

『先按解除鎖定，再按熱水。』

按下按鈕，飲水機提示音響起，賀小杏睜著愛睏的眼，看著細長的水流注入保溫瓶，瓶口冒著徐徐熱煙，營業前的樓面總是安靜無聲，咕嚕咕嚕、咕嚕咕嚕……直到熱水都溢出流到她扶著瓶身的手指她才驚醒，所幸沒有燙傷，連忙旋緊瓶蓋，又走往女廁洗了把臉好讓自己清醒點。

烘乾手後，方推開門，突然聽見門板外傳來一陣碎唸：「唉！惠螢！妳……妳怎麼就這麼笨手笨腳的，連個水桶都拿不好嗎？跟妳同一組真的很衰，效率都被妳拖垮了！」

「楊阿姨，不好意思……」接著又是一道氣若游絲的聲音。

「行了行了，妳趕快去工具間拿拖把過來，真是，幹什麼老愛把新人丟給我。」

賀小杏走出女廁，恰好與一個年紀約四十初的女人擦身而過，她身上也穿著花風百貨清潔人員的制服，身形纖瘦，腳步倉促，頭低垂著，口罩嚴密遮住她大半張臉，工具間傳來一陣乒乒乓乓乓，她拿了拖把又慌張地快步走出。

賀小杏瞥了眼地板上那一大灘混濁的水，還有被擱在角落半倒的水桶，她挨著牆壁小心越過水灘，避免自己的鞋被弄濕。

上午十點三十分整，各專櫃人員一如既往帶著晨會記錄本，走至樓面正中央的小空地依序站定位置。提振精神的簡單早操結束後，樓管站到最前端一一點名，點完名後便正式開晨會。

每天的開會內容不定，主要布達今日的業績目標與全館及樓層活動細項與期限，或者關於銀行禮、滿額禮等等的消費門檻與兌換地點。

「大家早安，今天開始的樓面滿額禮在二樓東側贈獎處兌換，限量兩百五十份，活動的表頭和POP廣告記得要在等等開店前撤換，我會再去檢查。」站在最前端的吳琦翻閱著資料本，口條清晰地宣達。

倒數第二排的賀小杏一邊聽著一邊在晨會本上寫下，而寫到一半，右肩膀突然像是被戳了一下，她偏頭，只見是剛才那個女人正在擦拭電扶梯手把，一旁擺在工具車裡的拖把放得太突出，柄頭才戳到她，接著對方也注意到了，連忙拉回向她點頭致歉。

「再來，六樓的活動會館從明天開始有冬季日本展，若有顧客詢問請協助指引，活動期間內每日單筆消費一千元以上都有限量贈品可以兌換，那大家稍微記一下贈品的品項——」

賀小杏只是向對方禮貌莞爾，便繼續在晨會本記下活動內容，然而才寫到第五個字，餘光閃過一團黑影——她下意識順勢偏左側望去，只見成列人群後方某處，突兀地站著一個高大魁梧的人影，是其他層樓的樓管嗎？但那身西裝不像樓管的制服……

「好，以上。」吳琦的聲音徒然拉回賀小杏的注意力。「請各位再回櫃加強清潔，謝謝。」語畢，眾人便原地解散。

❀

『各位來賓早安，歡迎光臨花風百貨——』

上午十一點整，入口大門準時敞開，顧客魚貫步入，伴隨著樓面宣傳廣播，佇立在兩側的迎賓人員親切地微笑鞠躬。

又是一天平凡的打工日常，下午一點十六分，正在二樓員工茶水間的賀小杏揉揉眼睛……那團黑色人影的存在清晰可見，輪廓卻混濁不清，證明了她確實沒眼花。

「惠螢，那妳現在出來工作的話，家裡兩個孩子們怎麼辦？」

「我兒子的小學不遠，平常下課後會自己搭公車回家，女兒的話，隔壁家婆婆提議讓妹妹白天去她家玩，一來她有伴不寂寞，二來孩子也有人能照顧。」

「這樣啊，但妳怎麼不考慮回娘家？應該還有其他人能多少幫妳分攤一些壓力吧？」

幾秒的沉默留白，黃惠螢微弱的一聲嘆息隔著口罩出不來，彷彿硬生生地又吞回肚裡。她苦笑：「說來話長，畢竟原本感情就沒好到哪去，各自也有各自家庭的煩惱要解決……我現在只想趕緊找份穩定的工作好維持開銷，啊，陳姊抱歉，我得先把這箱漂白水推去五樓，謝謝妳的飯糰。」

「好。倒是妳也別太勉強自己，妳現在一個人……壓力一定很重，有什麼需要幫忙的地方儘管說，雖然力量不大，但陳姊能幫一定會幫妳的。」

「陳姊謝謝妳……真的謝謝妳。」

叮！

賀小杏打開微波爐取出熱騰騰的便當，她再往外探出頭看，黃惠螢和陳姊已經離開了，連帶的，那團黑色人影也消失不見了，留下的，只有那台陽春拖車的聲響，跟著黃惠螢走往貨用電梯的背影愈來愈孱弱。

喀啦喀啦……

果然不是人吧。她內心篤定。

但祂為什麼跟著那個人？是純粹巧合嗎？她又不禁猜測。

直到打烊前的兩個小時，在倉庫理貨的賀小杏滿手都是灰塵，她扛著幾個割破的紙箱扔進資源回收車，接著走到女廁洗手。黃惠螢剛好站在女廁門口謄寫著什麼東西，門口牆邊黏著一個A4

大小的透明資料夾，裡頭夾著幾張紙，每個時段的負責人在清掃完畢後，都必須在表格內寫上時間與姓名做紀錄。

洗完手後，賀小杏走出女廁，卻沒有直接回到櫃上，反而刻意停留在後場的布告欄前，假裝在申請活動花車的表格上登記資料。接著這時黃惠螢推著工具車自身後經過。

喀啦喀啦……

賀小杏順勢往她的方向望去，這次看得很清楚，果不其然，那團黑色人影正佇立在某處陰影……祂彷彿穿著一身類似上班族的西裝，有手有腳，卻沒有臉，眼、口、鼻，所認知的五官無一存在。

第三次了。

只見黃惠螢推著工具車毫無察覺地經過一旁的祂，筆直地推往長廊盡頭，那團黑色人影也同時神不知鬼不覺地也往那頭的方向走去。

她下意識張口，滾在喉嚨的字句卻愕然縮回。

她這是幹麼呢。

又不關自己的事……

賀小杏，這跟妳一點關係都沒有——

「呃，阿姨！」

黃惠螢遲疑地轉身，周遭除了她們倆外就沒有其他人，儘管對那女孩突然的叫喚有幾分納悶，她仍微微笑：「怎麼了嗎？」

賀小杏一時語塞，怨起這張嘴巴真是自找麻煩！她僵在原地，懊惱地半垂著頭，懊悔地瞪著自己的皮鞋鞋尖。

阿姨，其實妳好像被鬼纏上了，雖然不一定會發生什麼事，但如果會怕的話，大家都說可以去香火鼎盛的大廟走走……這是賀小杏卡在喉嚨裡的話，但想想似乎會不小心嚇壞對方，於是她眼珠子迅速往周遭掃視了圈，靈機一動改口說：「阿姨，那邊的抹布好像沒有擰乾……都在滴水噢。」

黃惠螢探眼，咦了聲，真的在滴水。她連忙想找工具擦乾，賀小杏隨手將其他阿姨遺留在茶水間門口的拖把遞給她。

「啊，謝謝。」黃惠螢接過，隨著臉部肌肉變化，她的眼角若有似無地擠出了小小的皺紋。

此時，賀小杏瞬間感受到有另一道視線正朝自己投射而來，明目張膽的，無聲無息的，她的目光越過半彎著腰的黃惠螢，只見那團黑色人影依然站在原處，所謂的「臉」依舊是晦暗模糊的樣子，然而詭異的是，她卻彷彿覺得自己正與祂的眼睛對視。

「妳怎麼了嗎？」見她話講到一半突然開始發呆，黃惠螢語帶關心。

「噢，沒事……」聞言，賀小杏只是微微頷首，門一推，回到燈火通明的熱鬧商場。

近日冷氣團來襲，臺灣變成一塊凍到結冰的番薯，冷意猖狂的冬天，連算不怕冷的賀小杏都陣亡般的往口袋塞了兩個暖暖包。

❀

戶外正飄著毛毛細雨，個位數的低溫再加上富含水氣的車速，已經套上羽絨外套的賀小杏決定再額外加上一層防風雨衣，還有去年聖誕節交換禮物抽到的毛料圍脖，把自己包得像隻溫暖厚實的胖胖雪人。

然而，正當坐上機車的賀小杏準備發動引擎時，餘光冷不防透過後照鏡看見了一個人，一團黑色人影。

她立刻就認出祂是那隻一直跟在黃惠螢身邊的鬼，祂正待在距離她約兩公尺的地方，賀小杏直接轉過頭，面無表情，但警戒性地盯著祂。

「有事嗎？」

西裝鬼不言不語，只是看著自己，這讓她頓時聯想到那個經常神出鬼沒的小女孩。

「你是不能說話？」她又問。「還是不想說話？」

死寂蔓延數秒，西裝鬼仍舊只是沉默，她感受不到祂的任何情緒，祂就僅是這麼靜靜地看著她。

賀小杏不知道祂究竟有什麼企圖，此時她瞥望四周，明明只過了短暫幾秒，可回過神來才發現她周遭的車輛與人聲都不見了，只剩下一片地下停車場獨有的昏暗，和祂。

「我先說……我不會假裝我沒看到你，我確實能感受到你的存在，但我就只是能看見你而已，如果你是想要我幫你或完成你的什麼遺願，我幫不上，你可能要找其他人喔。」

她一字一句說完，接下來如她所料，祂果然還是沉默，只是看著她。

「……」

唉算了，現在冷得要命，還傻傻跟一隻鬼玩乾瞪眼做什麼呢，她不想陪祂耗時間，於是隨後便瀟灑地騎著機車離開了。

只是路途中，賀小杏又想著，會不會其實祂根本聽不懂她說的話，又或是祂聽不見？雖然不關她的事，但她有點好奇為什麼祂要跟著那個女人？恰好時運不好？那剛才又為什麼突然出現在停車場？只因為她看得見祂嗎？

「呃……」良久，賀小杏剛摘下安全帽，餘光竟瞥見那個西裝鬼正站在家門口……

她嘴角一抽，一陣錯愕，祂竟、竟然跟她回家了？有沒有搞錯啊！

僵持了三秒，賀小杏發現此時依然跟方才在停車場的狀況相同，祂就只是單純站在那兒，猜不出祂到底有什麼企圖，更分不清祂是好是壞……於是她乾脆迅速旋身打開家門又鎖上門，整體動作一氣呵成。

賀小杏將背包隨意往地毯上扔，一屁股跌進沙發，吐了一口氣，把脖子上的圍脖扯下，好沒氣地說：「為什麼那些鬼老愛跟著我？現在甚至、甚至還跟我回家了！雖然到目前為止祂們也沒幹麼，但就是覺得……呃啊啊有點煩！」

坐在一旁單人沙發的歐墨好整以暇地手半托腮翹著腿，看著賀小杏從進門開始就一個人在仰天抱怨，她那被凍紅的臉幾乎整張都被埋進厚重的羽絨外套，嘴邊肉順勢被擠了擠，變得肉嘟嘟的，她是在生氣沒錯，在旁人眼裡卻覺得好笑。

「……你有沒有在聽我說話？」她忽然望向歐墨，皺眉，還雙手環胸。

「哦，原來妳一直是在跟我說話？」他挑眉。

「當然啊，現在這裡除了你之外難道還有別人嗎……」喔，有，門口有一個……「歐墨歐墨，你能不能施個法，讓祂們別再跟著我？」賀小杏冷不防丟出一個異想天開的請求，雖然只是開玩笑，但還是誠懇地眨了兩下眼。

「嗯——我做不到。」

「為什麼？」

「我的管轄範圍僅限……這裡——到那裡。」歐墨邊說，邊伸出食指，有模有樣地往屋內四周比劃了一圈，聳肩笑笑：「我只是個小小的守護神，別為難我。」

「噢——」她其實心裡當然也知道。

「不過只要有我在，祂們就進不來。」歐墨接著說。「只要在我的視線範圍內，我就會保護妳，別怕。」他的聲線清朗，語氣像是在安撫受驚嚇的小動物。

「……我也沒說我怕呀。」賀小杏嘀咕，瞄了歐墨一眼，然後又立刻縮回去。

歐墨心想，妳呀妳呀，妳真的是一個很不坦率的小孩。

❀

今天是休假日，一早陽光普照，賀小杏和彭莉、阿信相約去市區看電影，是一部由小說改編的美國時代劇情片。

看完電影後，她們在附近簡單找了間餐館用餐。三個個性迴異的女孩子，什麼都能聊，話題天南地北，彷彿時間永遠都不夠她們用，彭莉還偶然提起莊亦誠，聽系上學長說莊亦誠前幾天跟打工的同事起了口角紛爭，雙雙掛彩，請了幾天假，最近也很少在學校看見他。

賀小杏幸災樂禍地大笑兩聲，一口氣灌下剩餘的啤酒，這是好事，值得普天同慶的好事。

良久，待了快兩個鐘頭，盤子也空了，阿信說她晚一點和幾個拍片認識的朋友有約，彭莉也說家裡有事，於是不久三人就直接在店門口解散了。

黃昏之時，餘暉遍地，傍晚的天空是漸層的橘紅色調，雲絮燃著火光，絢爛壯觀，石紋街道宛如被鋪上一層由光織成的毛絨地毯。

賀小杏還不想那麼早回家，決定在附近逛一下下，於是朝反方向走。她戴上耳機，揹著小包，還在路邊攤販買了包雞蛋糕，叼著恐龍造型的雞蛋糕，慢悠悠地閒晃，乍看就像某個走馬看花的小小背包客。

途中，她被一間頗有歷史氣味的奇怪小店吸引，玻璃櫥窗裡展示著幾本十分老舊的真皮書，還有老電影才會出現的懷錶、燭台、縫紉機……再往裡頭看去，才發現原來這是一家中世紀風格的古董書店。

她頗感興趣，想要進去瞧瞧挖寶，結果右腳才剛抬起，大衣衣角卻忽然被扯了扯，她納悶地低頭一瞧，捉住她的人竟是個小女孩。

「姊、姊姊——」

「……啊？」

女孩看上去大概是幼稚園小班的年紀，她一雙水汪汪的大眼睛直勾勾地望著賀小杏，小手依然緊緊抓著衣角不放。

賀小杏看她似乎是有什麼話想表達，她其實對小孩沒輒，不太喜歡這披著天使外衣的小惡魔……她左右張望，周遭的路人都若無其事地走過，看來她的家人並不在這附近。她又低頭，女孩竟然又一副快哭快哭的樣子！

於是賀小杏只好無奈蹲下身，輕聲問：「妹妹，妳自己一個人嗎？爸爸媽媽呢？」

「我……我要找媽媽！」

果然，這位小朋友肯定是迷路了。

「妳跟媽媽一起來的嗎？」

「嗚嗚嗚……媽媽！我想找媽媽！嗚嗚嗚……」女孩的臉醜醜地皺成一團，約莫再五秒鐘後眼淚就要轟轟烈烈地噴發。

賀小杏在打工時曾見過好幾次這種狀況，通常接下來會發生的不是那種讓人看了好心疼的啜泣哭法，而是那種驚天地泣鬼神、全百貨上下都能被震撼的嚎啕大哭，小孩的哭聲是惡魔猖狂的笑聲，非常……非常恐怖。

為了別讓腦中的畫面成真，她連忙堆笑安撫：「好、好，姊姊現在帶妳去找媽媽好不好？拜託妳別哭……」不然會換她想哭。

女孩似乎是聽懂了，雖然嘴角無力地下垂，看起來好可憐，但還是乖巧地點點頭。

賀小杏視線上下左右掃過女孩，這樣寒冷的天氣下她卻只穿著一件印有小魔女Doremi圖案的外套，於是她默默從背包掏出一條紅色圍巾，小心翼翼地圍在女孩的脖子上。

唉，這下她得上哪去找她的媽媽，只好先暫時帶到派出所了。

「妹妹，姊姊帶妳去找警察叔叔喔，好心的叔叔會幫妳找到媽媽——」

「不要——我不要！」豈料，她話還沒說完，女孩瞬間爆哭，斗大的淚珠像土石流般一顆一顆掉落。「我不要警察叔叔！我要媽媽——嗚嗚嗚！媽媽——」

女孩開始崩潰大哭，成功引起周遭路人的側目，這是賀小杏最不願面對的慘況，這下可好，她也開始想哭了。

「妹妹妳不要哭啊……姊姊是要帶妳去找媽媽呀！嗯？」賀小杏趕緊拍拍她的肩膀安撫她。

但不知是她哄小孩的伎倆太粗糙，還是女孩的家人可能經常把「如果妳不聽話我就叫警察把妳抓走喔」這種台詞掛嘴邊，女孩非但沒有冷靜下來，還開始鬼打牆頻頻哭吼說要找媽媽，不斷原地跳呀跳，小手也死死攀著賀小杏的手，明明身體這麼小一隻怎麼會有這麼大的力量？賀小杏被她無意抓疼，簡直快招架不住。

折騰了一番，賀小杏靈光一閃拿出剛才沒吃完的雞蛋糕，有試總比沒試好，她誘惑般地哄道：「好、好，姊姊會帶妳找媽媽，要不要吃蛋糕？甜甜的喔，妳不哭的話就給妳吃，很好吃喔。」

這年紀的小孩果然很天真，注意力一下子就被兔子造型的雞蛋糕吸引，抽泣著哭紅的鼻子開始乖乖吃了起來。

之後，費盡心思氣力的賀小杏，連哄帶騙的總算成功將女孩帶到轉角的派出所。

不一會兒，一名年邁婦人和一個看上去十歲左右的小男孩急急忙忙抵達現場。女孩一見來人便衝上去牽住男孩的手，經對話中得知原來男孩是她的哥哥。

確認沒事了之後，賀小杏取回圍巾便離開派出所了。而就在剛踏出門的那一剎那，旁邊忽然有道人影宛如疾風般咻地衝了進去。

隨後，一道滾著哽咽的吼聲驟然響起：「……妳為什麼這麼頑皮！」

賀小杏轉頭一看，只見那人是黃惠螢，她跪在地上緊緊抱著女孩，披頭散髮、滿頭大汗、模樣狼狽。

「妳怎麼這麼不乖！怎麼可以自己一個人偷偷亂跑去外面！害媽媽跟婆婆擔心死了妳知道嗎？快點，跟婆婆說對不起！」

「嗚嗚嗚，婆婆對不起……」

「好啦好啦，別這樣對孩子大小聲！我自己顧著挑菜也沒注意大門開了，啊妹妹她也不是故意的……總之人沒事就好齁！」

賀小杏注意到黃惠螢此時身上還穿著工作服，褲管甚至還殘留未乾的泡沫痕跡，她這時想起花風百貨就在附近這一帶，若從那裡全速跑到派出所大概也要六、七分鐘左右。

「媽咪妳不要哭，我以後會乖乖……」

❀

賀小杏走到公車站等車，等待的同時順手把空紙袋揉成團，隨意丟進路邊的垃圾桶，剩下的雞蛋糕在剛才都被女孩吞下肚了。

今天回暖了，但早上的天氣預報說平安夜又將有另一波冷氣團襲來，聖誕節當天的氣溫會掉至個位數，水氣足夠的話山區將有機會降雪，甚至平地也有機率降下冰霰。

現在剛好是尖峰時段，公車走走停停，車輛搖搖晃晃像一首走調的搖籃曲，賀小杏靠著車窗，難得沒有打瞌睡，就只是呆呆地看著窗外不停變換的城市街景。

二十分鐘後，她下了車。將走到家，遠遠就看見歐墨大喇喇地坐在家門口正跟一隻貓玩，依然還是那隻橘色斑紋且屁股還有愛心圖案的胖貓。

這時歐墨也轉過頭，四目相交，他朝她笑了笑。

賀小杏揉了揉鼻子，隨口道：「你在等我回家嗎？」

「嗯，對呀，我在等妳回來。」

他繼續逗弄腳邊的橘貓，聲音溫柔清爽。她的腦袋忽然冒出一種想法，其實他的聲線並不屬於低沉類型，偶爾帶一點慵懶，聽來療癒，若以具體形容，就像每每踩過一地秋日落葉時總會發出清脆聲響，療癒的程度大概就像那樣。

賀小杏上前走近蹲在他旁邊，單手托腮，另隻手揉了兩下牠的肥肚肚，臉上沒什麼表情，感嘆道：「貓這種生物真是萬惡，現在竟然連神都可以被收服……」

「哈哈哈——」歐墨被她這無厘頭的話逗笑。

此時天色已暗了幾分，遠方的夕陽也有半顆沒入地平線，但還是有尚未被黑暗吃掉的餘暉，她看著柏油路上自己的影子被拉得長長的，視線再往左側偏一點點，是橘貓那小小的影子，唯獨只有歐墨沒有影子。

她朝半空中呼出一口氣，一團白煙隨即消散，空氣仍瀰漫沁冷，曬在身上的光線明明只是裝飾用的，但此刻她卻覺得有幾分暖和，雖然只是心理作用吧，她的目光又悄悄爬上歐墨的側臉……然後嘴角竟不自覺地上揚了幾分。

「怎麼了，笑什麼？」

「沒事。」

她想，或許可能不只是因為夕陽的關係。

入夜了，晚風蕭條，城市的氣溫更低了幾度。

想起已有幾天沒去收信的賀小杏穿著拖鞋走到屋外，掀開大門牆壁旁的鐵製信箱，翻了幾封，不是電費水費就是幾本包著塑膠膜的廣告型錄。她又打了個哈欠，伸手撈起晾在一旁小板凳上的泰迪熊，早上出門前隨手把它拿到室外曬太陽殺菌，接著她轉身坐上小板凳，把帳單和廣告單隨意擱在腳邊，然後歐墨也跟著她走出來了。

「妳不冷嗎？」他坐在右側，問。

賀小杏晃晃腦袋瓜，緊了緊懷中的泰迪熊。「還好……哈啾！不冷。」

這張可以容納兩個人的小板凳已經很舊了，但很耐用，它的年齡甚至比她大，以前外婆來家裡玩時，祖孫倆經常就這麼黏在一起坐在屋外曬太陽，就像現在，只是坐在旁邊的人變成歐墨了。

小時候個子矮，腳尖勉勉強強才能碰到地面，不知不覺間長高長大了，現在能整個腳掌貼地，要整條腿伸直都不成問題，而如今物事人非。

時光荏苒，有時會覺得時間過得很緩慢，總是得等到真正意識到時，才慢半拍發現流逝的速度有多麼驚人，一年又一年的歲月一下子就被濃縮成小小的回憶。

這麼一想時，突然覺得有點孤單啊。

「歐墨。」沉默半晌，賀小杏耷拉著腦袋，突然出聲喚道。「我問你喔，像你這樣……嗯，該怎麼說，一個人，日復一日地生活著，你會感到寂寞嗎？」

「會啊，有時候。」歐墨回答。

「所以你才總是出現嗎？」她又問。「像現在這樣。」

他轉頭對上她的眼睛，唇角微勾，然後才說：「對。」接著又道：「雖然最初多少是因為罪惡感——哦，妳別又露出那種一副要殺了我的表情嘛……不過，更多是因為我覺得寂寞，所以我才喜歡在附近散步，也喜歡像現在這樣。」

原來神跟人一樣，一樣會有寂寞的心情。賀小杏懶懶地將下巴擱在泰迪熊的頭頂，摩娑了兩下，絨毛撓得她鼻子有點癢。

「話說到目前為止，妳是唯二能看見我的人，也是唯一一個可以跟我說話的人。」

聞言，賀小杏疑惑：「唯二？」這番話勾起她心中的好奇。「那另一個是誰，以前住在這裡的屋主嗎？」

「妳知道後會很驚訝的。」歐墨壞心地故意吊她胃口。

「快點講啦，是誰？」她皺眉，甩起泰迪熊的熊掌瘋狂往他的手臂上打，但被他輕易一把捉住。

「妳的外婆。」

「真假？我阿嬤？我阿嬤也見過你？」賀小杏瞪大眼，她真的很驚訝。

「真的，雖然就只是匆匆一瞥而已。」他說著，溫潤的語調像是在和孩子講一本童話故事，娓娓道來她不知道的那些片刻往事。「那時候就像現在，我們兩個這個樣子，妳的外婆坐在我的位置，而妳依然坐在這裡，只是年紀還小，還是個小朋友……嗯，雖然現在也是。」

「你找死！」她眯眼冷聲，雖然一點惡狠狠的氣勢都沒有，只是嚇唬。「然後呢？」

歐墨回憶起那一天是她的生日，陽光普照，春意盎然，是個風和日麗的日子，屋子裡的氣氛因為家人們的笑聲而更添幾分溫馨熱鬧，他因為好奇所以忍不住探頭觀望，看見她們坐在屋外的小板凳曬太陽，結果偶然被她的外婆看見他來不及躲起來的身影，而她卻只是若無其事。

「阿嬤，妳在看什麼？我也要看！」當時，年幼的賀小杏坐在椅上晃著肉嘟嘟的小腿，注意到外婆忽然話說到一半就停住，也跟著探頭探腦扯著童音好奇地問。

「我在看……我們家小杏的臉怎麼這麼好摸！」外婆收回視線，眼角摺出細細皺紋，伸手輕輕捏住孫女白嫩嫩的小臉蛋，逗得賀小杏格格格的笑。

儘管外婆的臉龐刻著歲月摧殘的痕跡，眉眼卻始終溫暖溫柔，讓賀小杏難以忘懷，即便是長大之後。

賀小杏環抱著泰迪熊伸長了腿，抬頭仰望夜空，思緒飄到很久很久以前，依稀想起媽媽曾說過外婆有很輕微的靈異體質。儘管是偶然的一瞥，這也算是一種緣分嗎？任當時的他們都絕對料想不到在很久很久以後的某一天，她也會感受到歐墨的存在。

「妳在看什麼？」歐墨的聲音將賀小杏飄到遠方的思緒拉回現實。

「今天沒有星星。」她突然拋出一句，目光依舊仰望頭頂那片漆黑。「明天搞不好會下雨。」

歐墨順著她的視線看去，天空是一片遼闊無邊的深沉黑色，什麼東西都沒有，星星躲起來了，月亮隱蔽了，空空蕩蕩的，像一塊沉甸甸的巨大畫布，單調又無趣。

歐墨又收回視線，回到原點，指尖若有似無地摩娑著毛絨絨的熊掌，然後又偏過頭，將目光放在身旁賀小杏的側顏。

她漂亮的皮囊裡藏著有些古怪的脾氣，笑起來的時候右臉頰會掐著一顆梨窩，但它出現的頻率並不多，臭臉的時候像是一尊展示在美術館角落的冷冰冰雕像，散發著生人勿近的氣息，但其實——

她的眼裡藏著一座宇宙。

❀

這天是十二月二十四號，平安夜。

適逢節慶，百貨公司隨處可見關於聖誕節的元素，一樓中央廣場也早在一個月前裝設一座五層樓高的彩色聖誕樹，吸引許多逛街購物的民眾爭相拍照打卡。

週末前夕，花風百貨擠滿了人潮，顧客絡繹不絕，每人幾乎人手一袋。

寬大的樓面迴盪著家喻戶曉的聖誕歌曲，距離打烊還剩二十分鐘左右，人潮越漸稀少，只剩零星的散客。

一如往常到五樓出納組織完帳袋後，賀小杏沿著員工步梯走至二樓，正要推開門回櫃上時，餘光忽然瞥見黃惠螢的身影。

接近打烊時段，為了省電所以茶水間現在只剩一盞燈亮著。黃惠螢獨自一人坐在角落的某張小鐵椅上休息，與四周昏暗對比下，她手機微弱的亮光有幾分刺眼，而她卻一眼不眨空洞地盯著螢幕。

恍惚間，賀小杏想起那份雞蛋糕的淡淡甜味，還有那個與家人走失的小女孩，以及殘留在褲管的泡沫痕跡的那一瞬畫面。

「那個，不好意思——」

而，正當賀小杏的手才搭上門把的剎那，背後的黃惠螢驀然出聲喚住了她。

賀小杏回頭，只見黃惠螢走出茶水間，昏暗的陰影不偏不倚籠罩著她纖瘦的身軀。

「請問，妳是賀小杏嗎？」

賀小杏大概猜得到黃惠螢要說什麼，於是她頷首。「對，我是。」

黃惠螢像是鬆了一口氣。「太好了，還好我沒認錯。那天在派出所時我有看到妳，但事出突然所以當下沒來得及向妳道謝……謝謝妳帶我女兒去派出所，還好有妳，也很抱歉給妳添麻煩了，真的很謝謝妳。」

賀小杏默了兩秒才搖頭莞爾：「……不會，有找到人就好。」

黃惠螢注意到她似乎有些心不在焉，眼神微微飄移，像是在找什麼。「怎麼了嗎？」

「噢，沒有沒有，沒事。」賀小杏隨意擺了擺手。「那我就先回櫃上了。」語畢，她便推開門離開了。

賀小杏只是發現那個經常徘徊在黃惠螢身邊的西裝鬼這次不在，雖然明明不關她的事，但……去哪了呢？已經消失了嗎——

算了，今天忙了一整天，大腦好累身體也好累，現在她只想回家洗個澡躺在床上耍廢迎接自然醒的美好。

然而下班後，當賀小杏終於騎到家，正準備從包裡掏出家門鑰匙，敏感的她頓時察覺有一道視線自身後投視而來。

她下意識猛然轉過身，只見昏暗中隱約有個人型的輪廓，身形高大，臉孔依然晦暗模糊，就在約莫五公尺之遠的地方，隨著那抹黑影越漸清晰，賀小杏也不禁瞪大眼。

是祂。

祂為什麼又在這裡？

祂什麼時候跟來的？

祂有什麼企圖？

祂……為什麼祂的臉看起來那麼痛苦——

賀小杏嚥了嚥唾沫，儘管對眼前景象感到詫異但其實並不害怕，她冷靜地看著祂，觀察祂的動靜，而祂卻只是始終站在原地。直到——

「我很後悔。」

冷不防間，她聽見一道聲音，分神之際西裝鬼瞬間靠近，僅僅距離她幾步之遙，她甚至連呼吸都來不及。

祂是一位大叔，對比先前幾次的祂都是沒有五官的模樣，也始終沉默不語，不知是不能說話還是不想說話，而此刻，賀小杏卻明確地看見了祂悲戚無助的表情，以及聽見似乎是來自於祂的嘆息。

賀小杏面無表情，語氣沉著冷靜，問：「你為什麼會一直跟在那個阿姨身邊？」

她貿然丟了一個問句，她也搞不懂自己究竟為什麼會如此在意，這沒有原因，她明明跟黃惠螢只是素未謀面——或者該說只是在同個環境下工作的陌生人，此時面對突如其來的「人」，她大可直接佯裝看不見祂的存在轉身走掉，但她卻還是想介入，最後也介入了。

「惠螢……惠螢她是我的妻子。」

「……什麼？」

「她是我的妻子，在我生前的時候。」大叔鬼彷彿在試圖控制自己欲將崩潰的情緒。「那時候、那時候我的壓力真的很大，大到我覺得自己已經撐不下去了，我真的不想再繼續承受那些壓力，我不知道我該怎麼辦，明明活著卻比死還痛苦，所以……所以最後，我自殺了。」

聞言，賀小杏下意識皺起眉，默了會兒，不解地喃喃反問：「可是、可是你……你不是還有兩個小孩嗎？你自殺了，那你的老婆小孩呢？他們要怎麼辦？」

大叔鬼緊咬下唇，祂的神情嚴肅卻又無助，猶如漂浮在汪洋中的一艘破爛小船，苦無救援，只能自生自滅。

面對賀小杏責怪的語氣，祂無地自容，無從辯解，這的確是祂當時的選擇，可是最後……祂後悔了。

「我真的很後悔。」祂說。

「你現在後悔有什麼用？這世上沒有後悔藥。」賀小杏冷聲，儘管字句殘忍，但是事實。

「我知道……我知道，但是，妳……妳能不能幫幫我？」

「……」賀小杏深深地吐了一口氣。「你要我幫你什麼？」

「請借給我妳的身體，一次、就一次就好……我想和我的妻子說話。」祂顫抖的聲音滾著哽咽。「我想好好地和她道別。」

賀小杏眉頭深鎖，始終沒有鬆開，牙關咬緊，連自己都渾然不覺的，掌心的鑰匙不知何時已被她握到微微發燙。

時間。

聽了大叔鬼的請託，她竟只覺得可笑。

還活著的時候不懂得好好珍惜，死去之後才遲遲懊悔，又才再拼命奢求著能說上一句話的時間。

這不公平。

對阿姨不公平。

對兩個孩子不公平。

「大叔，我沒辦法幫你。」賀小杏果斷拒絕，她坦白地道：「我不信任你，我不會拿我的命開玩笑，誰都不能保證如果我讓你附身，我是不是還回得去我原本的身體？又或者，你會不會一見到家人之後就心軟不捨，於是就這麼死死賴著不肯離開？說真的，我沒有義務要幫你呀。」

聞語，大叔鬼不斷搖頭，哀求道：「不！不會的！只要能讓我和惠螢說話就好，一下下就好，就一下下……我答應妳我絕對會把妳的身體還給妳，我向妳保證！」

「大叔抱歉，我還是沒辦法。」她苦笑。「請你去找其他人幫你吧。」

賀小杏覺得祂自私，這是一個原因，還有一個原因她沒坦白說出口，其實是她不敢，她沒有勇氣……萬一她不小心就把自己弄丟了怎麼辦？

她會怕，她這時候才感受到害怕的情緒。

面對賀小杏堅定的立場，祂喪氣地低下頭，其實心裡也明白她的答案情有可原。

祂不再苦苦央求，模樣空洞悔恨，賀小杏只是無動於衷，但表情也沒好看到哪裡去，心裡頭莫名地被一股悶意籠罩，不太好受。儘管祂的臉上並沒有淚水，但她看著，卻覺得祂正靜靜流下眼淚。

這片刻的死寂彷彿足以壓迫整個城市，直到大叔鬼緩緩抬眸，猶如在乞求什麼般的，只聽見祂艱澀地又道：「那，我求求妳幫幫我這個忙，就這麼一個忙……我答應要給孩子們的禮物已經事先準備好了，藏在我家的倉庫裡，能不能請妳幫我偷偷拿出來，放在家門口？拜託了，就這一個忙就好……」

賀小杏猶豫地咬著下唇，沉默著，而內心糾結著。

為什麼她竟會覺得有一種罪惡感？她明明什麼也沒做，也沒有做錯任何事……但，追根究柢就是因為自己什麼也沒做，才會有罪惡感產生嗎？

她垂著腦袋盯著自己的皮鞋鞋尖，無聲地吐了一口氣，才抬起頭，說：「……好，我幫祢。」

終於獲得了她的許可，大叔鬼如釋負重般苦澀地牽起唇角，只是高興沒有幾秒，馬上又被鋪天蓋地的悲傷吞沒。

「謝謝妳……真的謝謝妳。」大叔鬼再次微微鞠躬向賀小杏道謝，並且和她說了地址。

賀小杏連忙從包裡摸出忘記扔的小紙條抄下地址，再次抬眸，卻發現明明直到上一秒都還站在那兒的大叔鬼此時已經徹底消失不見了，悄然無聲的。

「小杏。」

這時，在一片寂靜之中，一道溫潤的嗓音從身側響起，是歐墨。她下意識轉過頭的瞬間，原本覆蓋住月亮的雲霧也同時散去，一抹和煦的月光靜悄悄地灑在歐墨身上。

「……哦！」賀小杏愣愣地應了聲，並又攤開自己的右手掌，皮膚上烙印著鑰匙鋸齒狀的痕跡，當血液流通，掌心逐漸有些犯癢，她將被握得發燙的鑰匙收進背包，反正眼下也沒有要回家了。

「我現在要去一個地方，一起……去嗎？」話說到後半聲音就弱了幾分，賀小杏回過神般乾咳幾聲，自己的嘴巴竟動得比大腦還快。

「嗯。」

「我都還沒說我是要去哪裡你就直接說好？」她挑眉。

「妳看起來需要有個人陪。」

「我哪有，沒關係啊，我自己一個人也可以。」

「別嘴硬，我們一起去吧。」

後來，賀小杏與歐墨一同前往大叔鬼給的地址，由於這時段已經沒有半輛公車了，又加上距離頗遠，而且，再過兩個小時就是聖誕節了，於是她打電話直接叫輛計程車。

工作了一整天的賀小杏其實早已身心俱疲，一種肉體與精神上的雙重疲憊，她頭懶洋洋地靠著車窗，眼皮越漸沉重，車輛意外平穩的速度使她很快陷入沉睡，直到良久才隱約被幾句交談聲吵醒。

她動了動略為僵硬的脖子，迷濛睜開眼才發現自己原本靠著的車窗不知何時變成歐墨的右肩膀。

「快到了喔，等等直接在門口讓你們下車嗎？」司機大哥問。

下一秒，賀小杏瞪大眼，詫異的原因不是自己靠著他睡著了，而是她剛才似乎聽見司機大哥在跟歐墨……對話？她一臉問號地盯著歐墨，他只是淡定從容地朝她勾了勾唇角。

賀小杏對此疑惑不已，但還是先回應司機大哥：「……呃，請在路口停車就好，謝謝。」

半晌，他們終於抵達目的地。

這串地址是一棟獨棟的中古透天厝，從這兒走到鬧區約十分鐘路程，並不算遠，但四周被農田包圍，彷彿形成了一座遼闊寂靜的結界，聽得見的，只有來自草叢間的微弱蟲鳴，以及寒風的竊竊私語。

「等等……」

賀小杏伸手拉過歐墨的衣角，他們躲在圍牆旁，她微踮起腳尖朝房子裡瞇眼觀察。

雖然窗簾緊閉，但能看見客廳的光亮正隱隱透著，而大叔鬼剛才提到的倉庫……賀小杏收回視線，接著左右張望，大門旁擺著一輛藍色的兒童滑步車，再往深處走，發現有個類似鐵皮屋改造的小倉庫，半生鏽的鎖頭垂掛在門把上，鎖是鬆開的。

「大叔，你沒辦法進去你的家嗎？」賀小杏回過頭，壓低音量朝某個方向說道。

大叔鬼站在最靠近屋子的某根電線杆旁，祂有苦難言般地緩緩點頭。

賀小杏沒說什麼，也僅回以沉默，表示她明白了。

這時她不禁想，也許這就跟當年替外婆守靈的時候一樣，姊姊說她聽見阿嬤在叫她，媽媽猜測可能是因為有神明擋著，所以阿嬤才進不來，只能站在遠遠的地方靜靜凝望著親人，而真正的原因究竟是為何大概也無從得知了。

大叔鬼說，祂準備了兩份禮物，外包裝分別綁著粉紅色和天藍色的緞帶，當時買回家後就先被祂藏在倉庫角落的某個木箱裡。

小女兒是個調皮搗蛋的孩子，總愛和哥哥到處亂翻亂玩，幾個月前他們偶然發現倉庫裡竟然躲了一條小蛇，嚇得兄妹倆從此不敢跑去倉庫，所以祂才故意藏在這裡，禮物是祂生前和妻子一起挑選的，只是黃惠螢並不知道祂最後收去了哪裡。

賀小杏再一次左右張望，仔細觀察周遭情況，此刻四下無人，靜謐得彷彿可以聽見眼淚落下的聲音。

她悄然無聲地深呼吸一口氣，現在的她內心竟又莫名有股罪惡感油然而生，啊……真討厭，為何無論她做出哪個選擇都會有罪惡感？

可是已經來不及了。這是她第一次當小偷，並非本意，也沒有惡意，只是受人——不，受鬼請託罷了，所以只能安慰自己這是在做善事積福氣……吧？

行動之前，賀小杏不放心地轉過身，向歐墨提醒道：「歐墨，你要記得幫我把風喔。」

瞧她格外認真嚴肅的神情，他有些想笑，點點頭，要她自己注意安全，他會負責好好監視四周情況。「嗯，快去吧。」

此刻時間已逼近午夜，宛若身處無人市，任何一點聲音都會被放大，賀小杏蹲低身子，小心翼翼地越過大門鑽入倉庫，她放慢動作輕輕拉開一道門縫，偷偷摸摸終於順利溜了進去。

很快地，花不到一分鐘的時間，賀小杏成功捧著兩份禮物以相同的路徑技巧性地鑽出，快速走回了圍牆外。

「大叔，這些禮物得放在哪裡？」賀小杏朝大叔鬼問道。然而這時，她卻驀地想到了一個不知該不該算問題的問題。

既然黃惠螢知道有這兩份禮物的存在，那倘若它們突然間出現在家門口前，會不會反而讓她誤以為是家中遭小偷，或者是聯想到——

「……爸比。」

說時遲那時快，同一時間，在一片寧靜之中竟猛地響起一聲稚嫩的童音，結結實實地來自大門的方向。

賀小杏根本來不及躲起來，一轉頭便撞見那道門被打開了一條縫隙，只見小女孩探出腦袋瓜，左手抓著門把，額上貼著一塊退熱貼，一副睡眼惺忪的模樣。

然而女孩卻絲毫沒發現她跟歐墨的存在，反而是突兀地正往某處盯著——賀小杏順勢望去，想起方才她喚出的那句「爸比」。

她……看得見。賀小杏篤定心想，無聲地倒抽一口氣。

賀小杏僵直地轉頭看向大叔鬼，只見祂的表情相當難受，比在這之前的任何一刻都還要悲傷萬分，祂的眼神不再空洞茫然，是聚集了寂寥懊悔，宛如正一點一滴凝聚為成串的淚珠，然後即將潰堤。

所以最終啊，那艘小船仍逃不過被漩渦捲進海裡，沉入海底的結局。

賀小杏凝望著面前其實是鬼魂的大叔，不禁想著，人死去之後是不是還會保留哭泣的能力呢？如果鬼能哭泣，大叔現在一定是痛哭失聲，聲嘶力竭，為祂失去了全世界而悼念哭泣。

接著，大門方向冷不防地又隱約傳來一道同樣稚嫩的聲音：「媽，妹妹她在玄關啦。」

「……真的是！都發燒了還亂跑——你剛才出去倒垃圾是不是又忘記鎖門，我已經講幾遍了？好了好了，妹妹妳回床上睡覺了，鼻水流成這樣，智威你也是，桌上作業收一收回去房間睡覺，都幾點了。」

「明天放假又沒關係……但媽妳還不睡喔？」

「媽媽是大人了所以沒關係，小孩子就早點睡，否則等以後你出社會上班會後悔怎麼沒多睡一點。」

磅！

門板不輕不重地再次關上，截斷了黃惠螢忽遠忽近的碎念叮嚀，也恢復了一片夜色沉靜。

「喂你幹麼——」然而恍惚間，歐墨卻突兀地抓過賀小杏的手腕，她一下子重心不穩，只得被迫向後踉蹌幾步。

原本捧在手中的禮物隨著躁動順勢掉落，賀小杏的後腦杓撞上歐墨的胸膛，她來不及喊痛，猛然瞪大眼，只能啞著口見大叔鬼冷不防朝她的方向衝過來。

「……大叔？」

祂的表情依舊痛苦萬分，悲痛欲絕，再聯想到方才的畫面更讓人心酸，只是，在連呼吸都慢半拍的轉瞬之間，大叔鬼散發的氣息讓她莫名感受到某種囊括著不懷好意的企圖。

可能是多想了，但會不會只差那麼一點點，她的意識將不復存在，畢竟大叔……最初的請託是希望她能借出她的肉體，讓祂能和家人說上最後的道別。

「大叔，我現在是來幫你的。」

賀小杏知道自己的意志力很堅定，也努力維持著，可儘管如此，她卻沒有甩開被歐墨握住的左手，而她明明沒投以視線也沒透露半個字，歐墨卻彷彿能接獲她的想法，沒有鬆開手反而是緊了緊，像在告訴她：沒事，別怕。

大叔鬼頓時驚醒般的，默默拉遠與她的距離，語氣歉疚：「……對不起，嚇到妳了。」

「我那時候只答應要幫你放禮物而已。」賀小杏蹲下身，將剛剛不小心摔落的禮物撿起，並輕輕吹散上頭的泥巴砂礫，幸好紙盒沒被撞壞。

大叔鬼內疚著，張著嘴想說什麼，但祂自知只是藉口了，祂也無法違背自己的良心否認，祂的確有閃過一瞬自私自利的衝動，想要直接霸佔她的身體，尤其當祂在再次看見那心心念念的兩個孩子之後……

「嗚啊啊啊——」猛然間，屋宅內響起一陣哇哇大哭，貫破了蟄伏在彼此之間的死寂。

大叔鬼慌忙地不停往屋內探望，想做點什麼卻又束手無策，聽見來自寶貝女兒的哭聲，這讓祂怎捨得，作為父親的祂更怎能置之不理……

「寶貝怎麼啦，媽咪在，別怕……智威，你去房間幫我拿妹妹的毯子。」

「媽咪……嗚嗚嗚，爸比！我剛剛我看到爸比！」女孩抽抽噎噎地哭喊。

女兒這突如其來的一番話，不僅讓屋內的黃惠螢瞬間酸了鼻頭，更讓屋外的祂瞬間體會到何謂痛徹心扉的窒息感。

比死還痛苦。

賀小杏沉默聽著女孩那彷彿無法停歇的啜泣聲，同時靜靜看著大叔鬼自責不已、後悔莫及的孤單神情。

真的，很痛啊。

她低垂著頭，幾縷細碎髮絲順勢落下，輕輕刮過她的眼皮，接著目光下移，觸及到她與歐墨相牽的手──

賀小杏緊閉起眼，咬緊牙關，唯獨握著他左手的右手始終保持不輕不重的力度，像試圖不讓他發現，像怕會弄痛了誰。

「小杏，看看我。」歐墨忽然輕喚。

但其實連她自己都渾然不知的，下意識的顫抖早已出賣了她，賀小杏抬眸，不偏不倚對上了歐墨的眼，依然墨黑，依舊澄澈無比，就如他身後的浩瀚宇宙。

反正，他會在的吧。

「大叔。」賀小杏驀地出聲，她嚥了嚥唾沫。「這個世界上真的沒有後悔藥可以吃，你現在再怎麼捨不得也於事無補，人死了就是死了，再怎麼樣都已經沒辦法重來了。」

聽著她的一字一句，大叔鬼無力地垂下頭，坦然面對事實，哽著喉回應：「我知道。」

「但是，我後來想了想，雖然我不認識你們一家人，可是我知道阿姨現在真的很辛苦……如果我明明有能力幫你，而且現在也只剩下我做得到，假如我再拒絕的話，我大概就會變成所謂的壞人了。」

她其實不是多好多善良的人，但……還是於心不忍，她有自知之明，若現在不做，她會被那些罪惡感糾纏很久，這樣會讓她很煩，她承受不住。

「我願意借你我的身體。」賀小杏一字一句清楚地道，目光坦率。「只有活著才會有希望，我這麼做不是同情你，是為了阿姨她們。」

聞言，大叔鬼猛然抬起頭，對上她毫不畏懼的明亮神情。

這一刻，她看見大叔鬼儘管眉眼始終流露艱澀難受，卻感激又感動地牽起嘴角，再一次深深地向自己鞠躬道謝。

「謝謝妳——我真的不知道該怎麼報答妳才好，真的非常、非常謝謝妳……」祂說。

賀小杏決定借出自己的身體，讓大叔鬼附身在她身上，她並不知道她具體該怎麼做，畢竟這是第一次，大概也會是最後一次，於是她乾脆什麼也不想，什麼也不做。

只是她還是忍不住轉頭看了一下歐墨，這麼行動的瞬間，便不偏不倚對上那墨黑色的眼瞳。歐墨的表情有些欲言又止，但最終也什麼話都沒說，只是用另一隻空著的手，輕輕摸摸她的腦袋瓜。

賀小杏沒有躲開，異常地乖順。隨後她勾起兩側唇角，張揚著一抹鬼靈精怪的氣質，是玩笑話的口吻，卻又半嚴肅地囑咐道：「歐墨，我的命就暫時交給你保管了。」

最後，在賀小杏失去意識的前一秒，歐墨點頭，同樣微笑，答應她：「好。」

❀

當她再次睜開眼，映入眼簾的是懷念的景致，昏幽的場景卻揉著水霧，試著眨了眼，一滴淚珠自眼角墜落，悄然無息地滑過被寒風凍傷的臉頰。

她面無表情，毫無波瀾，沉默地將被一旁男人牽住的左手抽離開來，冷意竄入，掌心失去了溫度，但卻感到一抹充實正緊緊籠罩著全身上下，接著她頭也不回地直直往亮著燈的屋宅走去。

歐墨斂眸望著空空如也的右手掌，現在的賀小杏，已經不是賀小杏了。

此時屋宅裡已沒有孩子的哭聲，只留有一室寂靜。

隻身站在再熟悉不過的家門前，雙手捧著要給孩子們的禮物，思忖著此刻究竟該用什麼方式，才不會吵醒孩子們又能與妻子見面，不能再猶豫了，已經沒有多少時間了……

唰——

這時，忽然聽見紗門被拉開的細微聲響，他認得這聲音，是從庭院傳來的。

果不其然，當他屏息走到庭院，便看見黃惠螢正獨自一人站在那兒沉澱心情，儘管臉龐在此刻夜色下顯得模糊昏幽，卻仍能清楚看見她眼眶的一輪泛紅。

他忍住不停翻攪的哽咽，試著出聲呼喚：「——惠螢。」

聞語，黃惠螢朝聲源處一瞥，表情驚訝，納悶驚呼：「咦，是妳，妳不是花風百貨的——」

「黃惠螢……是我，我是徐俊義。」

瞬間，黃惠螢瞪大眼，半張著嘴，甚至連呼吸都停滯，直到幾秒後才面色尷尬，語氣裹著難以掩飾的哽咽：「不好意思……妳讓我有點嚇到了，我不懂妳為什麼突然這麼說，不過妳怎麼會知道我先生的名字——」

「惠螢，請妳聽我說，我真的是徐俊義。」

徐俊義著急地想解釋，腳步不自覺向前靠近她，可黃惠螢卻緊皺起眉警戒性地倒退，於是徐俊義停下，深呼吸穩住複雜又感慨的情緒。

「惠螢，我知道現在這個狀況讓妳很難相信，但我真的是徐俊義，千真萬確。現在妳看見的這個女孩……其實是我跟這個女孩借用了身體，讓我可以附身在她身上，因為我想和妳道歉，我還有很多很多的話來不及對妳說，我還沒來得及和你們……道別，我真的很後悔……」

「不可能，怎麼可能會有這種事，妳為什麼要這樣……妳怎麼可能是俊義，他明明已經死了——請妳、請妳別開這種玩笑。」

「惠螢，拜託了，請妳一定要相信我，我已經沒有多少時間可以浪費了——」

黃惠螢無力地蹲下身不停搖頭，眼神空洞卻震驚，既懷疑又恐懼地打量著他，徐俊義看著，心生不捨，心如刀割。

「妳總是這樣，害怕的時候會蹲下抱住自己，高二暑假那次試膽大會時也是，還好我有追上妳，否則妳差一點就跌進湖裡了……」他苦笑。「還記得大三那次的公演嗎，舞台燈忽然壞了，話劇被迫中斷，妳自責了好久……還有妳手上拿著的菸，那是我最喜歡的牌子，妳以前老是叫我戒菸，結果我的意志力太薄弱總是戒不掉，原來沒被丟掉啊，妳還留著——」

尾音未落，黃惠盈的眼淚啪嗒掉在手中的菸盒，淚珠沿著盒緣沾濕她的裙擺，她哽咽，苦笑：「因為我還是捨不得……」

她的眼淚掉得更凶了，儘管眼下發生的一切太過衝擊，甚至一時半刻還無法完全釐清，但她寧願相信，相信是思念的丈夫回來了。

於是下一秒，黃惠螢再也無法壓抑自己的情緒，這些日子被迫忍耐囤積的悲傷猶如洩洪般釋放，她在徐俊義的懷裡痛哭失聲。

在周遭親朋好友眼裡，眾人給予徐俊義的形象評價是性格爽朗憨厚，只是偶爾有點鑽牛角尖。

他的一生沒經歷什麼大風大浪，算是就這麼一路平安順遂地度過。和大部分人一樣，依循社會環境的規則一步一腳印，努力生存。

大學畢業後，他向高中學妹且是初戀情人的黃惠螢求婚，兩人在家人朋友的祝福下步入禮堂，婚禮那一天，是個飄著微微細雨的寒冬日。

徐俊義初為社會新鮮人時，獨自闖蕩打拼遇到不少挫折，迷迷茫茫換了幾份工作，直到二十七歲那年在一間新興的電子科技公司落腳，是當時頗負盛名的某集團旗下公司之一，幸運地與自身興趣有所關聯，工作穩定且薪水還算優渥。後來，終於費盡千辛萬苦，他在三十二歲那年爬上了部門組長一職。

而隔年，黃惠螢產下了大兒子，迎接他們第一個愛的結晶，接著三年過去，小女兒也誕生了，一家四口在屋簷下共度柴米油鹽醬醋茶的每一天，幸福美滿，眾人也稱羨著他擁有家庭事業兩得意的生活。

縱使隨著日子流轉，背負在肩上的責任也越漸沉重，但為了家庭，徐俊義甘之如飴，他身為部門領導人，更是身為一名丈夫與兩個孩子的父親，無論如何，他都會繼續堅持。

然而，好景不常，在四十三歲那年公司竟無預警的惡性倒閉，原因眾說紛紜，徐俊義很早便明白在現今的經濟狀況下公司營運的確困難重重，但能怎麼辦，也只能腳踏實地努力，可是他卻萬萬沒料到，公司倒閉的這一天會來得如此措手不及，完全是一顆足以炸毀他一切的震撼彈。

徐俊義一時之間失去賴以維生的工作，家庭也瞬間失去所有經濟支柱，車貸、房貸、家庭開銷、孩子的各種學雜費等等需要用到錢的事物，猶如驚滔駭浪般將他吞蝕殆盡，維持多年的天秤已徹底失去平衡。

徐俊義消極了數天，甚至低落到難以下嚥，不吃不喝，儘管黃惠螢與孩子們始終都陪伴在他身邊。

只是徐家的情況並沒有好轉的跡象，反而更陷入深淵，身為妻子與母親的黃惠螢同樣為此徹夜難眠，身心俱疲之下也漸漸磨損了樂觀的態度。

徐俊義與黃惠螢大吵了一架，這對夫妻倆來說是極為少見的，交往多年結婚多年，他們從未有過如此翻天覆地的爭吵。

黃惠螢從最初的安慰開導到最後的失望不諒解，徐俊義一氣之下口出惡言，彼此的衝動發言徹底刺傷了對方的身心靈，伴隨著孩子的哭聲，他們的世界一層一層一片一片的被壓力消磨殆盡，而如今，徐家的世界末日彷彿已經降臨。

最後，在同樣是飄著綿綿細雨的一日，徐俊義私自服用過量藥物自殺，送醫後搶救無效，享年四十三歲。

「惠螢……對不起，我太自私，讓妳受苦了。」徐俊義伸手撫摸妻子的臉，聲淚俱下。

黃惠螢深呼吸了一口氣，而後重重嘆息，她苦笑：「事情都已經發生了，現在再怎麼後悔埋怨也沒有用……其實我真的對你很失望，但你知道嗎，我更恨自己為什麼沒能再替你分擔一些責任，我真的很後悔當初不該對你說那些話，那些只是我的氣話，不是我的本意……明明你已經那麼累了，我卻還……對不起、對不起……俊義，我很想你，我真的很希望你能回來。」

兩人在夜色下緊緊相擁依偎，傾訴著這段日子以來對彼此的沉重思念，內心真正想說的、生前來不及說的有太多太多，有的是道謝，有的是道歉，而黃惠螢和徐俊義也只能一字一句好好地傳達給對方。

他們必須把握得來不易的時間，沒有後悔的餘地，也再不會有重來的機會。

良久，徐俊義用指腹輕輕抹去她眼角的淚水。「惠螢，我……我可能得離開了。」

黃惠螢抓著他的手不肯放，心頭彷彿正一陣一陣地抽痛，理智與自私的天秤搖搖欲墜，紛亂的情緒圍剿著她的思緒，她的語氣帶著懇求：「你一定要現在就走嗎——不能、不能再多留一下嗎？」

「我很想……我當然也很想就這樣繼續待在這裡，可是不行，我已經答應這個女孩了，我必須把這個身體還給她。」徐俊義將兩份禮物交給黃惠螢，她見狀，淚水再度氾濫。「這禮物，記得要拿給智威和妹妹喔，我想他們拆開後會很高興的。」

「如果，時間可以重來的話就好了，但或許……現在對你來說，也算是從痛苦中解脫了吧。」

「惠螢……」但他已經沒有以後了。「對不起、對不起——」

「你不用擔心我，就算只剩下我一個人，我……我也會連你的份繼續活下去，我一定會把智威跟妹妹健康地養育長大，剩下的就換我來扛，所以，你可以放心離開了，還有——你一定要好好保佑我跟孩子們喔。」

黃惠螢如釋重負地說著，最後揚起唇角，露出一張那他永遠刻在心底的笑容。

「希望，下輩子我們還能再當夫妻，記得來夢裡看看我。」

「惠螢……」徐俊義痛哭失聲。「謝謝妳。」

❀

當賀小杏再度睜開眼睛，映入眼簾的是昏暗陌生的客廳，單薄的窗簾緊緊闔上，但她知道天還未全亮。

她完全不記得從頭到尾發生了什麼事，腦海也沒有任何殘存的印象，其實她以為會像那次靈魂出竅一樣，自己的靈魂或許會飄到某處，甚至能當個旁觀者，結果她全猜錯了，彷彿就只是單純睡了一場深沉的覺。

「妳醒了，有沒有哪裡不舒服？」

模糊之間，歐墨的聲音聽來近在咫尺，接著她感受到自己的額頭覆上一抹溫熱，才意識到他正在身邊。

「水……我要……水……」仰躺在沙發上的賀小杏掙扎著，像砧板上待殺的魚。天啊，她的喉嚨好像被一把火燒，乾澀不已，連說出一個字都嫌痛。

「好，我去拿。」歐墨收回手，起身走至廚房，接著她聽見他似乎在跟誰說話。

賀小杏環顧四周，視線觸及擺在電視櫃旁的一張全家福，才意識到自己現在是在大叔鬼的家。

以賀小杏的角度來看，從當時被徐俊義附身，到現在重回自己的肉體，她恍惚以為不過才過了短短幾分鐘，而實際上已過了一夜。

客廳裡一片昏幽，唯獨掛在牆上木頭時鐘的滴答聲格外清晰，時針與分針規律地一格一格轉動著，滴答、滴答、滴答……賀小杏沒什麼力氣，只能靜靜躺著，無神地盯著天花板角落的蜘蛛網，身體宛如在一夕之間被掏空了力量，這是一種很奇妙又詭異的體驗。

但她還是想知道，阿姨跟大叔鬼有見面了嗎？他們這次……有好好道別嗎？

歐墨端著一杯溫水走回沙發。賀小杏懶洋洋地坐起身，凌亂的長髮蜷伏在頸間，她耷拉著腦袋，面容呆滯，與平常凶巴巴的形象對比下，此時的賀小杏乖巧得像隻能任人捉弄的布娃娃。

「好慢。」她咕噥。

歐墨輕笑，將水杯遞給她。

果然乖巧不過三秒，這才是賀小杏的本性。

「妳喝慢點，小心嗆到。」

「……咳！咳咳咳！」但來不及了，賀小杏咕嚕咕嚕仰頭飲盡，果不其然馬上被水嗆到連咳了幾下。

「妳醒啦。」這時，肩上披著一條薄毯的黃惠螢從後方陰影走出。

「呃──等一下！」只是賀小杏還來不及答話，突然呃呃啊啊了一陣，小臉皺成一團，攀著歐墨的手。「嘔……我想吐──」

賀小杏哀哀叫苦地抱著廁所的洗手台乾嘔，原本胃裡就空空如也，現在也吐不出什麼東西。

歐墨站在門外，表情有些擔憂，問她還好嗎。

「嘔嘔嘔……不好！」

歐墨左看右看，默默挨著門邊側聲道：「……我進去幫妳吧？」

「呃不是，你進來是能幫我什麼啦，幫忙我吐喔……」賀小杏汗顏，痛苦歸痛苦還是忍不住想吐槽。

半晌，她打開門，洗把臉後精神總算好多了。

「……小杏。」回到客廳後，黃惠螢輕問：「我可以這麼叫妳吧？」

賀小杏點點頭。

「大叔祂……」她欲言又止，接著改口：「阿姨，妳跟大叔應該有順利見到面吧？」

黃惠螢苦笑，眼眶隱約泛著乾澀的淡紅，賀小杏凝視著，想著黃惠螢大概也是徹夜未眠吧。

「嗯，雖然這麼說很奇怪，但……多虧有妳才讓我能不留太多遺憾，我真的不曉得該怎麼報答妳才好，謝謝妳。」

聞言，賀小杏有種似曾相識的感覺，她笑：「阿姨，妳和大叔說的話一模一樣。」

「是嗎，看來我們果然是夫妻。」黃惠螢微微一笑，但賀小杏知道，其實她的溫柔很孤單，喝了水後，賀小杏忽然覺得餓，肚子還發出一聲抗議的悶號，黃惠螢說廚房裡有一鍋沒吃完的白稀飯，若她不嫌棄的話可以吃些墊墊胃，賀小杏猶豫了兩秒，便乖巧地點頭道謝，於是黃惠螢便去廚房弄熱了。

等待的同時，賀小杏起身靠近那張全家福合照，相框是用各種顏色的透明小石頭拼湊而成的一圈長方形，有幾顆小石子沒了黏性，搖搖欲墜，這讓她聯想到小學的美勞課自己也曾玩過這種DIY。

合照裡是一家四口的幸福畫面，背景是在類似公園的噴水池前，徐俊義抱著正啃著餅乾的小女兒，與站在身旁的黃惠螢相互依偎，相片裡的她化著淡妝，更加點綴她原本就恬淡優雅的容貌，不像現在憔悴纖瘦得令人心疼，大兒子站在兩人中間，雙手往外比著大大的YA，雖然門牙缺了一角，卻毫不害臊地露出一張燦爛可愛的笑顏。

賀小杏又往旁一瞥，注意到茶几上擺著幾本國小作業簿，封面右下角也寫著一串歪七扭八的字跡——四年三班，26號，徐智威。

賀小杏停頓片刻，眼底有幾分複雜流過，這時黃惠螢端著托盤走出，她才將視線收回。

白稀飯雖然清淡卻十分暖胃，在起鍋前還特地澆上了一圈金黃蛋液，冒著香氣，熱騰騰的，賀小杏不知不覺便把整碗吃得精光。

她們簡單聊了些，黃惠螢說百貨清潔人員這份工作只是短期兼職，她必須找一份穩定的工作，這陣子也是邊工作邊投履歷面試，大學畢業後她幾乎等於是全職的家庭主婦，沒什麼工作經歷的她眼下要找工作算是難上加難。

但她想相信天無絕人之路，老天爺將一道門關了，必定會再開啟另一扇窗，幾天前她去面試一間對此刻情況來說各方面都還算不錯的職缺，錄取機率蠻高的。

黃惠螢的眉眼明明透著憂傷，語氣卻爽朗得讓人不捨，大概是所有眼淚在徐俊義離開的那天就已經流光殆盡，或者以另一個角度來看，也可能是昨晚與徐俊義再次重逢後，多少修補了破碎的心。

最後，黃惠螢又笑說，更重要的是她和徐俊義已經約好了，雖然他們倆當夫妻的緣分用完了，但再怎麼傷心鬱卒，為了他們的兒子女兒，她也得重新振作起來。

休息了會兒後，賀小杏向黃惠螢道謝，對方反而又向她再度道謝了一次。

賀小杏不確定這會不會是最後一次見到黃惠螢，這個僅有幾面之緣、稱不上熟悉的陌生阿姨，但她衷心希望老天爺能聽見黃惠螢的心聲，讓他們結束這場世界末日，也希望在接下來的日子她與兩個孩子們依然過得平安快樂。

賀小杏與歐墨離開了徐家。

外頭瀰漫著屬於田野間的寧靜，清晨之際的空氣聞起來格外清新，彷彿還能嗅到淺淺稻香，四周的屋宅街景披蓋著一層淺淡的夜色陰影，人們都還在沉睡中。

賀小杏左右張望，果然看見大叔鬼……不，現在知道他的名字了，徐俊義正站在圍牆旁，依舊進不去，只能待在屋外，靜靜守護。

賀小杏看著祂，發現祂的表情平靜幾分，似乎沒有當初那般煎熬掙扎，像是終於如釋負重地放手，終於願意鼓起勇氣去面對，只是悲傷依然沾著祂的眼角，但至少不再那麼痛苦了。

「大叔，那現在你……」

「智威！等等，你要去哪——」

賀小杏話才說到一半，黃惠螢的呼喊聲便從後方響起冷不防打斷了她，她轉頭一看，只見一個小男孩正倉皇地往她的方向跑來，他穿著室內拖鞋，身上只有單薄的睡衣。

「大姊姊！等、等一下！」

賀小杏停下腳步，看著滿臉通紅的徐智威兩手撐著膝蓋，氣喘吁吁的。她沒說話，是在等他平復氣息。

但徐智威卻顧不得喘氣，面頰通紅，唇色卻蒼白，激動地問：「妳知道我爸爸的事？妳、妳看得到我爸爸嗎？我爸爸他在哪裡？他……他現在還在這裡嗎？」

徐智威話一出，賀小杏下意識望向旁邊的徐俊義，徐俊義原先恢復平靜的臉孔再次掀起波幅，神情不捨，始終將目光專注於兒子身上，是懊悔，是歉疚，是心疼，怕他冷，怕他著涼，祂想要擁抱兒子——卻再也無法實現。

「嗯，你爸爸現在也在喔。」賀小杏語氣溫和道。

聞言，徐智威睜大眼睛，慌忙地四處張望，但無論怎麼找，都只是一片漆黑，他始終找不到爸爸的身影，他其實也知道……這都是白費力氣。

自從爸爸過世後，他夢見爸爸好幾次，在爸爸的告別式上他哭了好久好久，媽媽抱著他啜泣，妹妹也抓著他的褲管嚎啕大哭說著她想要爸爸，他也很想，他真的很想念很想念他的爸爸，可是爸爸為什麼突然就消失不見了……

半夜起床上廁所時，睡眼惺忪的徐智威發現客廳的燈還亮著，他朦朦朧朧想著媽媽大概又熬夜了，這陣子她總是這樣。而接著，他模模糊糊聽見媽媽似乎在跟人講話，是一個女生的聲音。

徐智威沒有久留，躡手躡腳回到自己的被窩，其實他並沒有聽得很清楚，但……他有聽見爸爸的名字，那些人是在講爸爸的事嗎？他怎麼樣也無法不去在意……

最後，將睡未睡之際，徐智威隱約聽見大門開啟的聲音，他又瞬間張開眼睛，不管三七二十一便掀開棉被往外衝了出去。

「大姊姊……」徐智威抿著唇，眼底滾著水光，「我、我看不見爸爸……我好想跟他說話，妳可不可以幫我？」

她蹲下身，與他視線平行，沒有絲毫猶豫，柔和地微笑。

「好，你想要我怎麼幫你？」

「那個，請……」徐智威吸著逐漸發紅的鼻子，聲音藏著小小的倔強，哽咽著說：「可不可以請妳幫我告訴我爸爸，我知道爸爸已經先去天堂了，謝謝他當我的爸爸，我最喜歡他了，希望下輩子他還可以再當我的爸爸，然後，我會乖乖聽媽媽的話——所以、所以請爸爸要保佑我快點長大，才能保護媽媽跟妹妹……」

徐智威小小的拳頭緊緊握著，斗大的淚珠掛在眼眶遲遲沒落下，他充滿堅毅的童言童語，讓家門口的黃惠螢早已摀住嘴泣不成聲，而徐俊義更是已流下兩行眼淚，心頭酸澀，是感動窩心，而更多是心疼不捨。

「大叔，你有聽見弟弟說的話了吧？」賀小杏故意側過頭，笑道。

「嗯，有……我有聽見。」徐俊義苦笑，祂看著兒子，終於忍不住伸出自己的手，像以前一樣摸摸兒子的頭，儘管此刻的他感受不到爸爸的溫暖。

「弟弟，你爸爸說祂有聽見喔，而且聽得很清楚，所以他一定會好好保祐你們長大，別擔心。」

得到確切的答案後，徐智威用力點點頭，懸在眼眶的淚珠終於一顆一顆掉落下來，沾濕了他的衣領，「……好！」他不斷用自己的手背抹去，但眼淚還是不停流出，黃惠螢把身上的薄毯卸下披在兒子身上，並將他擁入懷中。

偌大的天空逐漸變換為魚肚白的色彩，幾縷光束緩緩從地平線破繭而出，薄薄的晨光慢慢融化了屋宅街道的陰影，新的一天即將來臨，這座城市開始甦醒。

「賀小杏……謝謝妳。」

徐俊義終於放下了對人世間的牽掛，祂感激地對賀小杏再次道謝，發自內心地微微一笑。

然後，在最後一抹夜色消退之前，祂真正的離開了這個世界。

❀

晨光熹微，賀小杏與歐墨並肩走往附近鬧區的公車站。

今天是一年一度的聖誕節，街道之間早已蔓延起一陣歡騰喧鬧的氣氛，到處都是關於聖誕節的東西，佇立在小廣場中央的聖誕樹、身穿聖誕老人裝沿路發氣球的店員、來自世界各國的聖誕樂曲、五彩繽紛的霓虹燈飾、滿街的禮物和聖誕襪……

等了會兒，他們搭上第一班公車。

空氣祥和，陽春的公車站只有寥寥幾人在等車，他們坐在倒數第二排的座位，自離開徐家後到現在，賀小杏都沒再說半句話，表情平靜如水，若有所思。

她望著窗外逐漸燦亮的建築物，溫煦的光斜斜地曬在她身上，彷彿被鍍上一層透明濾鏡，也間接透出她眼底若有似無的水光，然後……她忽然抿起唇，低頭揉了揉鼻子。

「……你、你幹麼？」面前冷不防冒出一截衣袖，賀小杏先是愣然，接著偏頭看向歐墨。

「我很體貼吧。」歐墨挑挑眉，揚起孩子氣的笑容，獻寶似地又揮了兩下袖子，大方說道：「你──以為我在哭嗎？」

「盡量用，不用客氣。」

「不用──我才沒哭。我只是沒睡飽，眼睛太乾而已。」賀小杏一把將他的右手抓開強行放回他的腿上。接著她話鋒一轉，好奇問道：「對了，我一直想問但忘記問你……為什麼其他人也能看見你？應該不可能大家都剛好有陰陽眼吧，昨天晚上搭計程車去大叔家的路上時，我也有聽到司機在跟你聊天餒，剛才走到公車站的途中，那個穿著聖誕老人裝的女生也有把傳單給你，還有現在搭公車也是。」

「原則上只有像妳這樣有靈異體質的人才會發現我的存在……原則上。不過隨著時間，到最後見過我的人都會漸漸淡忘關於我的所有記憶。」對於她的疑惑，歐墨如此解釋。

「是噢，那也難怪你……偶爾會覺得寂寞了。」

「但這也代表曾相遇過，也是緣分的一種。」

賀小杏咀嚼著他口中的緣分，腦袋不由自主想起花風百貨那個調皮的小女孩，想起徐俊義的眼淚，想起那碗澆上蛋液的白稀飯，還有此時此刻坐在左側的歐墨，原來人與人之間有緣分，人和鬼之間也有緣分存在。

忽然間，賀小杏莫名覺得心情變得很好，好到玩心大起，隨著車輛搖晃打鬧般地故意撞了下歐墨的臂膀，他笑了笑，也輕輕撞回去，問她想到什麼了這麼開心的樣子，而賀小杏只是回：「只是覺得好像做了一件好事。」

矛盾的賀小杏、不討喜的賀小杏，其實她也是一個溫柔的人，雖然刀子口豆腐心，儘管她嘴上嫌煩，卻還是願意聽祂們說話。

歐墨眉眼清朗，然後點頭附和：「嗯，真棒。」

「你這句話聽起來總覺得哪裡怪怪的，好像老師在誇獎小朋友數學考一百分的口氣。」

「賀小杏，妳就坦率點行不行，明明很高興，就笑一笑說謝謝吧。」

「哦……謝謝？」

「嗯，真乖。」

「……」

Chapter 05・徬徨卻溫暖的夢

二月，寒冬即將步入尾聲，冷意逐漸消退，氣溫慢慢回升。

在那個道別的夜晚之後，賀小杏曾在茶水間裝水時遇見黃惠螢兩次，兩人沒多交談，僅是簡單頷首。黃惠螢的狀態看上去還不錯，眉眼之間沒有先前那般憂愁，神情似乎快樂開朗了些。

接著大概又過了兩個星期，用完餐後端著空盒到茶水間丟垃圾的賀小杏，偶然從一旁正在休息聊天的清潔阿姨們口中得知黃惠螢離職了。

某個阿姨感嘆說雖然時間很短但其實有點捨不得，賀小杏撇眼注意到她是當時曾罵過黃惠螢的那位阿姨，而另一個較資深的阿姨將濕漉漉的塑膠手套摘下掛回工作車，她說職場就是這樣，各種人來來去去，就跟人生一樣，習慣就好。

日復一日，晝夜輪替，賀小杏的生活依舊維持著同樣的頻率，依然平凡，也依然迷惘。

她一樣去上所剩不多的課、一樣打著痛苦並快樂著的工，一樣和歐墨和平相處，也一樣三不五時能看見那個總是在百貨公司上上下下神出鬼沒的小女孩，偶爾賀小杏心情好還會趁四下無人時偷放幾顆小糖果給祂，甚至蹲下身和祂閒聊幾句話，雖然完全都是她在自言自語。

對於擁有靈異體質的自己，她已經很習慣這樣的改變。

沒發生什麼好事，也發生沒什麼壞事，這大概就算是好事吧，賀小杏是這麼認為的。

然而，這樣平淡而踏實的日子維持沒有多久，這天，她突然收到一則陌生留言——

『小杏，妳最近還好嗎？』

這陣子是櫻花盛開的季節，幾天前的休假日，賀小杏與家人一同開車出遊賞櫻花，鮮少發文的她難得在自己的社群平台上傳照片，她隻身站在一棵枝葉磅礴的櫻花樹旁，本想走個高冷隨興的風格，掌鏡的賀允丹卻故意逗她笑，結果她氣勢全沒了，笑得連眼睛都瞇成一條線，回頭檢查照片時還注意到自己的頭頂還黏著一片櫻花花瓣，於是最後便選了這張。

貼文送出後，很快有幾個朋友在底下留言，而後來，半夜她睡到一半起床上廁所，正窩回棉被裡時床頭櫃的手機響起訊息提醒聲，她睜著迷濛的眼點進查看，這串帳號她沒印象，對方的頭貼是社群平台預設的頭像，她盯著最下方的那八個字，不疑有他立刻聯想到莊亦誠。

她昏昏欲睡地想，明明早在與莊亦誠鬧翻後就把他封鎖了，況且她的帳號至今還是設為私人帳號，他又是怎麼留言的呢……

睏意來襲，賀小杏決定忽略這則留言。然而這時的她還不曉得，這其實是炸彈的引信。

一日和朋友聚會結束的回程路上，時走時停的顛簸節奏和耳機播放的歌曲間奏有幾分重疊，賀小杏雙手擱在腿上，半歪著頭懶懶地靠著椅背，望著車窗外那一片霓虹街景，她腦袋想著阿信很久之前曾做出的結論，直到如今令她愈來愈覺得毛骨悚然了。

良久，到站後，賀小杏獨自下了車。

漸入深夜，沉靜正在發酵，只隱隱聽見或許是來自遠方的車聲喧囂。走著走著，雖然不到冷的程度，涼意悄悄溜進衣袖，刮過肌膚，只穿著單薄襯衫的她有些後悔應該多帶件外套。

不過算了，就快到家了——

然而這時，就在腳步剛越過那盞路鏡的瞬間，賀小杏忽然背脊莫名一涼，接著四周變得更安靜了。

「……」

她繼續走著，但愈走，心底愈是有種怪異的感覺，步伐想加快，卻反而沉重得亂了節奏，拖住了她的行動，又來了、怎麼又來了！她肯定這不是心理作用，這種不舒服的感覺似曾相識，就像是、就像是——幾個月前從ＫＴＶ回來後，莊亦誠跟蹤她的那次。

思及此，怔忪不安的賀小杏抓住自己的背包，也不再多臆測，咬緊牙關，直接拔腿狂奔跑回家。

直到確實將家門鎖上後，她才砰的一聲跌坐在玄關，大口大口的喘著粗氣，頭頂的感應燈亮起暖橘色的光，儘管小小一團，卻多少讓她有了安心感。

賀小杏一下又一下平復著體內混亂的氣息，她確定剛才的毛骨悚然並不是她的錯覺，但那會是誰？

是人嗎？

又或者，不是人？

賀小杏屏氣凝神，站起身，試著將眼睛靠向門板，她透過貓眼看去，發現自家門前的柏油路隱約倒映著一個像是人的影子。

她隨即收回視線，皺眉思忖著，有影子，所以是人？

接著，當這個念頭不過在腦袋閃過短短兩秒鐘，門鈴卻猛然間響了起來——

叮咚！

現、現在是怎樣……賀小杏霎時愣住，接著還來不及反應，門鈴又再次響了好幾聲——

叮咚！

叮咚！

叮咚！

叮咚！

叮咚！

叮咚！

叮咚！

叮咚！

她第一反應連忙伸手將玄關感應燈的開關按下，周圍旋即恢復一片漆黑，在太過安靜的空間下，門鈴的聲音顯得極其刺耳，凶猛地啃蝕著耳膜，她甚至覺得耳鳴。

死寂持續幾秒，渾身緊繃的賀小杏下意識屏住呼吸……再一次試著朝貓眼看去，眼前所見卻出乎她意料——入目的竟是一顆黑白分明的眼珠子！

賀小杏頓時嚇了一大跳，喉嚨甚至發不出任何聲音！

她身體本能下意識想往後躲，驚慌之餘卻不小心被自己的鞋跟絆倒，向後踉蹌幾步，差點扭到，所幸不偏不倚撞進一個結實的懷抱，及時穩住她頻頻發顫的身子。

「妳還好嗎？」是歐墨的聲音。

恐懼無法控制地朝她洶湧來襲，賀小杏沒有回答他，只是下意識捉住他的手，腦海浮現出幾秒鐘前與自己僅有不到幾釐米的那顆眼睛，這等於是門外的人也同時間貼在貓眼上……她再次雞皮疙瘩，渾身爬滿毛骨悚然，噁心不已。

她覺得很恐怖，深深地感受到害怕。

而且最後，也沒膽再確認門外的人是否離開了。

❀

昨晚遇見的恐怖景象直到現在都仍揮之不去，心有餘悸，而這彷彿也成為一種連鎖效應，影響到了賀小杏的心理，也影響到了生理。

今天是除夕，新年期間的花風百貨人潮比平常多上一倍，許多人出門走春，美食街甚至被擠得水泄不通，各層樓面都洋溢著熱鬧的過年氣氛，樓層播放的音樂也應景地換成耳熟能詳的新年歌曲。

今天只有賀小杏與店長搭班，比起周遭鄰近櫃位們幾乎是一早開店後顧客就源源不絕上門，她們相較之下反而閒得發慌，雖然生理期第一天本就不太舒服的賀小杏其實暗自竊喜——因為她是屬於頭一兩天會疼到翻天覆地前滾後仰的類型，嚴重時還會上吐下瀉，曾去過診所幾次，得到的結果都說這是體質問題，只能嘗試先從改變飲食習慣或生活型態，她乖乖聽話照做了，每個月卻還是得面對來自大姨媽的毆打，深深體會到那句經典名言：經痛不是病，痛起來要人命。

直到約莫中午過後，好不容易有一組夫婦靠櫃表示想要挑選拜年的禮品，這才像打開了某顆開關，甚至還太過龐大，一瞬間就接連有好幾組客人同時入櫃，兩人隨後便忙得不可開交。

良久，手忙腳亂了好一陣子，賀小杏正在包裝最後一組客人的禮物，她將襯紙小心翼翼地兩端覆蓋，最後在交界處貼上印有品牌LOGO的銀色貼紙，大功告成，就等著先去買衣服的客人回櫃取貨了。

於是獲得些許偷閒空檔的賀小杏蹲下身，此時面色已顯得有些蒼白，她終於按耐不住吞了顆止痛藥，而水喝到一半，正在一旁往架上補貨的店長忽然朝她提醒了句：「小杏，妳姊姊來嘍！」

聞言，她旋緊瓶蓋後起身。「哦——姊、姊夫你們怎麼來了？不是說你們今年都犯太歲所以要去廟裡點光明燈嗎？」

「對呀，拜拜完後就來探妳班啊，等等還要順便去五樓看吸塵器。」賀允丹邊說，邊將一個平安符拿給賀小杏。「喏，收好唷，早上去廟裡幫妳求的，要記得隨身攜帶喔，放錢包也可以，我也有幫爸媽求，想說過幾天圍爐再分別拿給他們。」

賀小杏隨手將平安符收進口袋。「和媽吃飯是約初二那天嘛，然後爸是下個星期才回臺灣——您好，歡迎光臨！」

與姊姊聊沒兩句，很快又有三三兩兩的幾組客人走進櫃內，賀小杏立刻上前介紹服務，賀允丹夫妻倆也順勢到其他樓層逛街了。

後來，到了下午四點後只剩下賀小杏一個人顧店，店長事先已申請幾小時補休開車回南部老家圍爐了，隨著夕陽西下，樓面人潮也漸漸消散，大家都要準備回家吃年夜飯了。

而約莫在打烊前的一個小時左右，正在統計下週補貨商品的賀小杏又感覺腹部開始有些悶痛腫脹，藥已失效，但她手邊已經沒有止痛藥了，而更雪上加霜的是，店長忽然在公司群組Tag了賀小杏。

『剛臨時收到消息，明天經理會到各店巡點，先把陳列弄整齊一點，或許主桌的商品可以稍微換一下！桌面和櫃子也全用酒精擦過一遍！』

『OK，收到。』

據傳這位經理是空降部隊，行事作風俐落精準，以嚴厲龜毛與不苟言笑出名，全公司沒有人不知道這位女強人，她與身俱來的氣場也讓大家都對她敬畏三分，因此每每各店收到這種消息都會瞬間警鈴大作，立刻動員整備。

於是賀小杏將手邊事情處理到一個段落後，便趕緊著手進行。

不一會兒的時間，她就將店長指示的範圍調整完畢，還順便組裝了個適合新年送禮的禮盒擺在側邊桌展示，接著她前後左右拍了幾張照片傳給店長過目，但店長遲遲沒有回覆，賀小杏便繼續整理帳務去了。

喀嚓喀嚓！今天業績達標，賀小杏將幾張帳條訂在今日份的報表右上角。

距離打烊還有十分鐘，賀小杏提著帳袋一如往常到五樓出納組繳帳。基本上大家都是在打烊前三十分鐘左右去繳帳，幾個鄰近的專櫃們也會說好輪流當值日生統一幫大家繳，省時又省力。

花風百貨規定，專櫃人員必須走員工通道，切勿走顧客手扶梯。員工通道是這樣的結構，米灰色的磁磚階梯加簡陋的鐵製扶手，上上下下共有八層樓，具有挑高的設計，沒有多餘的裝飾，唯一的光源是裝在樓梯間牆面的長方形白熾燈，燈座上還黏著目前樓層的指標貼紙，通道多半處於安靜的狀態，有時候腳步聲還會有回音，甚至偶爾在二樓還能聽見四樓開門的聲響，就像此刻。

半晌，正當賀小杏準備收拾櫃上垃圾拿去後場倒時，店長終於回覆了，店長說基本上可以，只是龜毛的她覺得還有幾個小地方需要再微調。賀小杏看了下手機顯示的時間，來得及在送客前解決。

結果當所有陳列再次調整好後，已經是打烊後的二十分鐘了。

回傳當日業績報表後，賀小杏揹起背包，這才發現周遭一片寂靜且漆黑，今天樓面的燈似乎關得特別早，整層樓不知不覺竟只剩下她一個人，連半個樓管影子也沒見著，大家也走太快了吧，她不禁想。

賀小杏一如往常選擇走員工步梯，比較方便也不用等，卻沒想到今天百貨保全連門也鎖得特別早。「鎖住了？這麼快？」於是她只好摸摸鼻子，折回另一頭改搭電梯。

黑暗之中，唯二明亮的是消防門的紅色燈光以及緊急逃生出口的綠色號誌，雖然在眼下氣氛裡顯得格外陰森，且過於刺眼。

賀小杏不怕黑，但她最後還是打開了手機內建的手電筒為自己照路。

也許是大部分的人都已離開，平常該等上一陣子的電梯不到幾秒就從八樓快速地向下抵達二樓。

賀小杏走進電梯，按下B2按鈕。

『電梯門要關了。』

她整個人半倚著牆，抿著唇，皺著眉，雖然腹部的悶疼相比白天減弱了些，但現在頭還是有些暈眩。

好不舒服，好想快點回家啊……

然而，賀小杏這時發現電梯門雖然關上了，卻沒有下降的感覺，上方液晶面板顯示的數字甚至還停留在數字二。

「……嘖，該不會壞了吧。」那難以忽視的悶痛使她更加躁鬱，她煩躁地咋舌，惱怒地又朝

B2按鈕猛按了好幾下，用力到像是要戳出一個洞，接著電梯總算又恢復正常了。

她沒多想，捏捏眉心，又揉揉略顯疲態的眼睛，犯睏地大大打了一個哈欠。

隨著電梯運轉，液晶面板的箭頭符號持續閃爍著，她的眼神有些渙散，很想快點回到家洗個熱水澡，又悠悠地心想，而且今天是除夕呢，不曉得歐墨有沒有發現桌上的巧克力——

然而此刻又發生了奇怪的狀況。

明明液晶面板顯示B2，已經抵達了地下二樓，箭頭也停止不動，電梯門卻遲遲未開啟，任憑賀小杏怎麼猛按開門紐，甚至伸手想扳開門板，電梯卻始終無動於衷。

賀小杏簡直懵了。

「……現在到底是要不要讓我下班啊！」她內心崩潰，無聲地仰天吶喊，煩躁地抓亂頭髮。又等了幾秒鐘，門依舊死死緊閉著，賀小杏猜想也許電梯是真的故障了，她目光掃視了圈，決定要按按看那顆以為一輩子不可能按下的緊急對講鈕聯絡中控室求援。

「欸……靠！不是吧——」

異常狀況再度發生，只見上方的箭頭冷不防地竟開始不停閃爍，液晶面板顯示的數字甚至無可控制般從B2變成B3，接著是B4……

賀小杏感覺不到電梯有實際在運轉，但她卻莫名有種頭暈目眩的反胃感，這不是生理痛所產生的感覺，是此刻狹窄空間所牽動的壓迫。

「到底要帶我去哪裡……」猶如困鬥之獸的賀小杏眉頭緊蹙，無奈又無助，無論她按了哪個按鈕都沒用，唯一的救命希望——手機，卻好死不死沒了訊號，可惡，明明從來都是滿格的！她現在只能眼睜睜盯著那液晶面板上的數字。

叮——

不知過了多久，或許只有幾秒鐘，此時電梯冷不防地終於停下了，兩扇門也同時緩緩開啟，而在她疲憊的眼眸中率先映入的畫面是一片漆黑——

「……呃啊！」

還來不及反應，一張面無表情的臉猛然出現在她面前，賀小杏霎時被嚇了一大跳，冷靜下來後仔細一看才發現是一具白色的模特兒假人，它光裸著身沒有穿衣服，卻詭異地直站在電梯門口。

煩死了煩死了煩死了煩死了煩死了煩死了！

賀小杏心浮氣躁，嘖了嘖唾沫，視線又往上移，只見液晶面板上的箭頭不再閃爍，卻也沒有顯示任何數字，更正確來說是呈現像系統錯誤那般的亂碼。

慘了，她無從知曉現在的自己是位在第幾層樓，記得剛才是從B2、B3一路往下，所以這層樓是B4？一定是的，因為花風百貨最低的樓層也就這層了，可是、可是……為什麼此時她卻親眼看見，電梯外的牆壁上寫著大大的——B5。

不會吧，難道那個都市傳說是真的？

儘管眼下情況十分詭異，但賀小杏沒有慌亂陣腳，她深呼吸一口氣，強迫自己冷靜。

她環顧整座電梯，看不出有哪裡損壞，也沒有任何東西出現，接著她又試著按下關門鈕，但等了好一陣子門卻無動於衷，再按了幾次，結果也一樣。

電梯門關不起來，所有按鍵都沒有任何反應，她沒辦法往上搭，更沒辦法聯絡外界，所以，現在該怎麼做……

她該待在原地等待，還是要走出電梯外？

賀小杏垂著腦袋，毫無頭緒的她忽然覺得此刻被困在電梯裡的自己宛如一隻可憐的待宰羔羊，只能無奈地盯著自己的鞋尖。

儘管半信半疑，賀小杏還是無法否認此刻的離奇狀況，她大概是誤闖入什麼異空間了吧，類似百慕達三角洲那樣，或者，是一種靈異現象。

好煩……她一點都不喜歡這樣。

好想回家啊——

但不行，不能再浪費時間了，與其什麼也不做地躲在角落，倒不如走到外面去看看，說不定會意外讓她找到某個可以逃出去的出口。

賀小杏不想就這麼安分妥協地當一隻待宰羔羊，她要當獵人。

於是賀小杏開啟手機內建的手電筒當照明燈，她側身避開擋在電梯門口的那具詭異的模特兒假人，本還想踢它一腳，但……還是算了，於是她一步一步小心翼翼地走進深不見底的漆黑之中。

四周是一片伸手不見五指的黑暗，安靜得詭譎，手電筒的燈光剛好晃過牆壁上那B5的字樣，燈一照更能看清那像是用深藍色油漆寫上的，字樣甚至有些斑駁。

賀小杏無法完全確認自己的所在之處，她直直走了一段路後，偷偷轉頭往電梯的方向望去，電梯的門依舊敞開著，裡頭微弱的白光依然亮著，只是……卻愕然發現那具模特兒假人現在竟是面對著她的方向——

但它剛才明明是面對著電梯內的！

見狀，賀小杏秉住氣息，穩住節奏。

她繼續快步前行，直到右腳忽然踢到某個東西。

「噢……」她將手機抬起照射，手電筒的光一塊一塊的照亮了空間，賀小杏這才發現自己踢到一袋垃圾，視線再沿著往後看去，是像資源回收區的小空地，成山的紙箱、凌亂不堪的工具器材、地板都是灰塵和垃圾殘渣，然而其中最為詭異的是，東西與東西之間隱約躲著幾個人……

那些是數十個與方才電梯門口相同的模特兒假人，它們的「臉」皆統一朝某個地方看去——是她自己。

獨自一人身處在極度詭譎陰森的空間，千萬噸的壓迫感宛如正不斷不斷地將她僅存的氧氣消磨殆盡，再加上彷彿正被數十雙毫無情緒的眼睛盯著看，儘管平時賀小杏再大膽鐵齒，此時此刻的她依然也從腳底徹底發毛了起來。

快！

快逃！

快逃、快逃——

心裡頭忽然有道聲音響起，賀小杏不管三七二十一，下意識地想要避開那些模特兒假人的「注視」，這令她感到反感噁心，某種直覺告訴她，它們是不懷好意的，她必須得與它們保持距離。

賀小杏不停跑著，瘋狂跑著，渾身冒汗，手機甚至還不小心從手中滑落，她趕緊撿起繼續跑，但卻沒有目標，她不知道盡頭在哪裡，遙遠無窮……於是不禁想著，現在的自己是不是遇上所謂的鬼打牆了。

她不時轉頭觀察情況，卻見那些詭異的模特兒假人正以極度不尋常的姿勢朝她的方向追上來，而她無力反擊，也無從抵抗，只能設法遠離它們。

直到她在黑暗之中驀然發現一道門，而那扇門就和通往員工步梯的門一樣！

彷彿迷航船隻終於尋得燈塔的指引，賀小杏快馬加鞭，大氣都不得喘息一刻，在它們的

「手」即將抓住自己腳踝的瞬間，她咬緊牙關奮力將門關上——

砰！

「呼、呼……還好、還好，就差一點點……」

賀小杏粗喘著氣，像洩了氣的皮球般跌坐在地上，四周依然是死寂蔓延，她再次亮起手機，試著撥打電話卻仍收不到任何訊號。

天啊，怎麼會這樣，她究竟該怎麼做才出得去！

頭暈目眩依然侵蝕著她的專注力，賀小杏重重地吐了一口氣，隨後重新站起身，胡亂抹了把臉。

她仔細觀察四周，乍看之下這裡的確是員工步梯沒錯，但明明是樓梯，卻沒有向下的階梯，於是她只好試著走上幾層階梯，她看見樓梯間的牆面嵌著一盞橢圓形的白熾燈，與花風百貨的樓梯間如出一轍，燈罩外貼著一張樓層數字的貼紙，上頭寫著……2F。

二樓？等等……不對，最初電梯明明是往下的，怎麼現在卻是在二樓，還是她其實在不知不覺之間早跑上了二樓？但……怎麼好像哪裡怪怪的，總有股說不上來的違和感。

喀、喀——然而這時，她聽見有道像是東西沿著樓梯滾落的聲響，接著下一秒便赫然發現自己的腳邊躺著某樣物品，她彎腰拾起一看，那是一個附有別針的名牌，上頭寫著的名字是……王芷茹。

眼睛忽然一陣刺痛，腦海莫名其妙浮現出某次聽見那兩個櫃姐聊天的內容還有吳琦說過的話——

『花風這塊地以前不是有鬧出意外嗎？還上新聞，好像後來還發生過命案欸，怎麼感覺有點不吉利。』

『小杏，妳知道關於花風的都市傳說嗎？』

接著恍惚間，她又一次感受到一股不寒而慄的涼意，近在咫尺，無比真實，使她瞬間激起雞皮疙瘩，感受到極其強烈的惡意。

而當她再次抬頭，映入眼簾的是一個面色蒼白、瞳孔全黑的女鬼，祂的五官完整，散發出的氣息卻極度讓人感到不安噁心，表情充滿不甘怨恨，身穿一身套裝，像極了她印象中的那種傳統櫃姐制服，左胸前也別著一個名牌，上面的三個字……和她此刻手中拿著的名牌一模一樣，她似乎曾見過祂，在二樓的倉庫——

見狀，賀小杏不敢置信地瞪大眼，她想逃跑，她想求救，拜託，誰來都好……她覺得自己被荊棘纏滿全身，顫慄著無法動彈，怔忪不安，腦筋一片空白，只能束手無策眼睜睜看著莫名出現的女鬼緩緩朝她接近——

接著下一秒，賀小杏又猛然失去重心，整個人超脫現實重力般往後仰，女鬼毫無波瀾的臉也同時離她愈來愈遠……

更奇怪的是，在即將失去意識的前一秒，她卻隱約忽然聽見一道孩童的嘻笑聲：「嘻、嘻嘻——」

會痛嗎？

她要死了嗎？

猶如跌墜了一世紀那麼漫長的時間，賀小杏卻感覺不到任何疼痛，她的意識一點一滴逐漸消散，恐懼、悲傷、窘迫、煎熬……她無法感受到所有情感，就彷彿賀小杏這個人只剩下沒有靈魂的軀殼。

她的人生就這樣結束了嗎？

可是，她還得回家啊。

有人在等她……

她的腦海彷彿已乾涸，她想不起任何人的臉，所有記憶像是蒸發殆盡，只剩凋零的軀殼踽踽獨行，什麼東西都消失了，什麼東西都沒有了，什麼都——

「嗚啊！」

猛然間，賀小杏睜開眼睛，看見自己懸空在半空中的手，還有一樓中央廣場的噴水池……

她愣了愣，還來不及反應又粗劣地連咳了好幾聲，覺得喉間的枷鎖彷彿鬆了開來，像終於浮出水面般大口大口粗喘著氣，肺部灌進新鮮的氧氣，手腳和身體變得輕飄飄的，原本肩上那些沉甸甸的壓迫感似乎也隨著強風灰飛煙滅了。

強風？

賀小杏此時發現自己竟整個人掛在圍牆欄杆上，還沒釐清狀況，接著腿忽然失去力氣，沒了平衡，她倒退踉蹌幾步，背脊狠狠撞上硬梆梆的牆壁，她順勢跌坐在地，顧不得疼痛，警戒性地四處張望，肌膚切切實實地感受著強風的冷冽。

她左右環顧一圈，身處之地是個陌生的地方，不禁心想難道又鬼打牆了嗎？天啊，到底什麼時候才能結束……直到餘光瞥見剛才自己掛著的位置旁的消防緩降機固定架，她才意識到這裡是花風百貨六樓的戶外走廊。

為什麼？

為什麼？她明明剛才還在員工步梯，明明有一大堆噁心恐怖的假人在追殺她，她明明進入了電梯結果卻搭到某個不知名空間，可為什麼現在卻——

賀小杏立刻從口袋摸出手機，指腹摩娑著機體，隱約在後置鏡頭摸到了細細小小的裂痕，所以這就代表，不久前發生的一切，都是真的……

而她接著亮開螢幕，訊號是滿格，而上頭顯示的時間……十點三十一分。

十點三十一分？怎麼可能，她以為時間至少已經過去三十分鐘以上，沒想到不過才短短幾分鐘，她覺得自己被那些面無表情的假人追了好久好久……

「嘻、嘻嘻——」

聞言，賀小杏朝聲音來處望去，那個只有半邊臉的小女孩正站在距離她約五公尺的地方，她想起不久前也曾聽見祂的笑聲，然而還來不及出聲，小女孩又蹦蹦跳跳消失在陰影裡了，就如往常相同。

後來，由於戶外走廊的大門早已被鎖上，賀小杏趕緊聯絡了花風百貨的中控室，她無比慶幸自己竟還記得中控室的分機號碼，緊要關頭下才救了自己一命。

不久，一名巡邏保全重新將門鎖解除，保全十分納悶為何她會被鎖在戶外走廊，更何況平常除了活動需要外不太有人會貿然進入，對方甚至還懷疑她是不是懷有什麼企圖。

「真的不是啦，我只是……只是晚上遇到奧客心情有點差，才偷偷到那裡吹風，結果不小心睡著了。」賀小杏隨意掰了個理由呼嚨過去，還把自己的名牌從背包掏出來以示證據。

❀

回程路途，賀小杏不斷回想不久前那一場似夢非夢的驚魂，手機後置鏡頭的磨損傷痕是真的，所以這絕對不會是夢，是現實。

良久，終於平安騎回家後，賀小杏直接戴著安全帽，迅速掏出鑰匙打開門將自己扭進屋裡。

儘管昨晚沒能看清對方的長相，但她篤定在她家門口的那個人是莊亦誠，現在變得更加提心吊膽了，連回個家都不得安寧。

她神情有些呆滯，不發一語地直接走上二樓，旁邊的歐墨見她這副死氣沉沉的模樣也識相地把到嘴邊的「妳怎麼了？」先吞回肚裡。

賀小杏倒臥在床鋪上沉澱心情，片刻後才起身走往浴室。

她在洗衣籃旁習慣性地檢查口袋是否還留有垃圾，以免不小心被一併丟進洗衣機，果然……差點忘了賀允丹白天拿給她的平安符，然而下一秒——她卻猛然發現平安符的其中一面有像是燒焦的痕跡。

賀小杏背脊一涼，嚥了嚥唾沫，是萬幸，也是震撼，心裡也有個底了。

她心情有些複雜，回過身將桌上的筆電開機，忍不住上網搜尋關於優木百貨曾發生過的凶殺案。

相關資料多達數十頁，第一頁的標題全都圍繞著關於「命案」、「一屍兩命」、「三十四歲櫃姐」、「棄屍」的字眼。

據報導，嫌犯是有婦之夫，與死者之間的關係是地下戀情。嫌犯是三十五歲的優木百貨主管，死者是當年二樓法國服飾專櫃的三十四歲櫃姐王芷茹。

兩人隱密交往長達一年半，期間卻紛爭不斷，交往初期男友承諾會與妻子離婚，但一年過去了，男友並未離婚，王芷茹也懷了孕，她執意要他給她一個名分。永不見光明的感情終究無法長久，那些刻意不管不顧的問題漸漸浮上檯面，兩人為此爭吵不休，直到事發當日，最後一根稻草終於被壓垮。

當天百貨打烊後，兩人在二樓員工步梯的樓梯間爆發衝突，身心俱疲的王芷茹精神狀態早已瀕臨崩潰，她威脅要公開他們這一年多來的所有親密證據，如此一來就能讓他的婚姻與人脈事業化為烏有，男友要王芷茹將孩子打掉並且分手，而他這席話徹底擊潰她的一切。

殺紅了眼的王芷茹掏出預藏小刀，推開刀片揚言要把對方殺了，幾番爭鬥後，近乎失去理智的男友一氣之下用力賞了她一巴掌，王芷茹的身體擋不住這巨大衝擊，於是重心不穩腳踝狠狠一拐，整個人直接沿著樓梯摔落底層地面，頭部重擊地面，當場昏迷不醒，腿間同時流出潺潺血水，而她手裡握著的小刀也中傷自己，刀刃甚至直直地插進她的喉嚨。

在上方目睹一切的男友嚇傻，自知是自己失手才釀成大禍，卻猶如殺人魔附身般，乾脆將身形瘦小的王芷茹塞進垃圾袋裡，接著藏匿到地下五樓的垃圾回收場，用一層又一層的垃圾紙箱將屍袋嚴密蓋實，二樓事發現場殘留的血跡也被他消除抹盡連一滴也不剩，他甚至還發現，該說是他幸運還是她不幸，這兒監視器的角度恰好照不到他們。

而前些日子地下五樓因預計整修而封閉，但後因計畫耽擱而遲遲沒動工，就這麼荒廢了，因此這座垃圾回收場也鮮少人使用，卻堆滿了以前殘存的廢棄物，部分有心人士甚至也會偷偷將垃圾往這兒丟。

只是冥冥之中天注定，隔天早上，值班的保全偏偏就剛好走到這層樓巡邏，悶重的空氣裹著長年堆積的濃厚塵埃，保全當時心想著反正也沒人會來於是隨便檢查一下即可，就準備返回，結果途經垃圾回收區時卻隱隱聞到一股令人作嘔的惡臭氣味，這才發現王芷茹的屍體。

同一時間，整夜不得安寧、受不了良心譴責的男友一身狼狽地主動到警局自首，於是這場一屍兩命的凶殺案與兩人荒誕的戀情才就此暴露於光明之下。

令人髮指且遺憾的是，若他當下及時送醫，王芷茹是有機會活下來的。

殺了人的嫌犯蹲了牢，王芷茹的家人朋友卻再也無法聽見她的聲音，只能依靠回憶思念她。

後來，這場轟動一時的命案終於畫下句點，不久後，優木百貨也正式走入歷史。

賀小杏面色凝重，其中有一篇報導貼了數張當時命案現場的照片，甚至未被打上馬賽克，某張照片是第一現場的二樓樓梯間，她第一眼注意的是圖片左上角的橢圓形照明燈，又某張照片是第二現場的垃圾回收區，儘管只被拍到三分之二，仍發現年久失修而龜裂的牆壁上寫著大大的B5，是用深藍色油漆塗製的……

另一篇新聞則訪問了死者的其中一名同事：「芷茹她平常對我們都不錯，沒想到會發生這種事——」然而賀小杏根本沒在聽報導內容，注意力全放在受訪人身上那身制服，這和她昨晚看見的……祂身上的制服一模一樣。

隨著食指指腹滾動著滑鼠滾輪，賀小杏再次感受到一陣強烈的毛骨悚然，她昨晚親眼看見牆壁上寫著B5的深藍色油漆字樣，可是花風百貨根本沒有B5這層樓；花風百貨員工通道樓梯間的照明燈形狀是長方形的，但是她記得昨晚看見的卻是橢圓形的……

一下子訊息量過大，賀小杏頹著肩向後靠上椅背，愣然地盯著電腦螢幕裡當年優木百貨的形象圖，將所有的線索重疊推敲，原來——原來她昨天晚上真的實際去了一趟早已不存在的優木百貨。

但是為什麼？她跟王芷茹無冤無仇，祂幹麼要害她？

於是賀小杏三步併兩步衝下樓，顧不得喘氣，伸手一把抓過正坐在窗台打盹的歐墨，將自己遇到的一切都告訴他，這種怪力亂神的事——與其問人，不如問神。

「所以祂是打算抓交替嗎？我現在好像也只能這樣認為，否則為什麼我醒來後卻發現我整個人掛在欄杆上，只要差一點點就會掉下去了——就算不死，大概也半條命去了，可是我不懂為什麼偏偏是我？我也沒冒犯祂什麼啊……我現在甚至都已經快搞不清楚我是不是真的賀小杏了……」

「好——冷靜、冷靜。妳當然是真的賀小杏啊。」歐墨伸出手，大掌輕輕地按住她頭頂，溫和安撫面前這焦躁到開始自我懷疑的小朋友。他坦然地說：「或許妳只能想，妳剛好有陰陽眼，又剛好曾和祂對到眼，祂當然就找妳。」

「就只因為這樣？」

「我也不知道，我只能說，這世界上有很多事本來就沒有原因可言。但至少妳現在平安回來了，不是嗎？」

賀小杏默默聽著，那些揮之不去的心有餘悸竟默默弱化消散了，這世界上有很多事本來就沒有原因可言，但她還是賀小杏，她平安回家了，她還能一口一口慢慢地呼吸新鮮空氣，她可以感覺到來自他手掌的溫度，她還是好好地回到了現實世界。

「……對。」她緩緩點頭，緊繃的眉心漸漸舒展了開來。

雖然，現實世界也絕非完美，那些毛骨悚然的惡夢依舊蟄伏在她的生活。

「有時候比起鬼，人可怕多了。」賀小杏頹下肩，語氣裹著些許感嘆，道出她的無奈。

三月驚蟄，草木逢春。

春天來了，是花的季節。

在那之後的幾天，每到上班日，賀小杏其實不免有些畏懼，明明是再熟悉不過的花風百貨，她卻不敢踏入，但她也知道，不可能永遠逃避。

然而很神奇的是，其實一切都很和平，沒有發生她想像中的事，也很詭異的是，她再也沒見過王芷茹了，彷彿那天晚上的驚魂記真的只是一場夢而已。

晴朗多雲的天氣，一大團的白雲蜷伏在遠方山邊，輪廓被日光照得清晰明亮，好像假的。

畢業的日子就快來臨。現在的賀小杏依然對於自己的下一步一頭霧水，她還是不知道自己該做什麼，不曉得自己能做什麼，不確定自己想要做什麼。但奇怪的是，儘管依舊茫然失措，心底纏在一塊的糾結似乎稍微、稍微鬆綁了一點點。

行政大樓五樓的風涼爽而強勁，賀小杏雙手攀著圍牆，霧黑色的髮被風吹得凌亂，任憑不過於炙熱的陽光曬著自己，百無聊賴地等剛去上廁所的彭莉跟阿信出來。

她耷拉著腦袋，又微踮起腳尖向下投望，一樓長廊有不少學生穿梭來去，一個個只有拇指大小，一群男男女女有說有笑、捧著課本並肩走在一起的情侶，後面還有一個低頭滑手機的男生差點撞到樑柱……賀小杏壞心地恥笑一聲，隨即目光又注意到樑柱旁的那叢小草……哇，竟然開花了。

噔！腦袋悠悠如此心想之際，褲子口袋的手機響起訊息提醒聲，賀小杏摸出手機查看，是一封沒有主旨的電子郵件，而寄件人是……莊亦誠。

『小杏，我很想妳。』

一串新細明體映入眼簾，她面露厭惡。正準備按下封鎖時，又一封電子郵件傳來了。

『妳想我嗎？』

接著又是一封——

『怎麼辦，我還是很喜歡妳。』

一瞬間，賀小杏打了個冷顫，覺得很不舒服。她直接將這個寄件人封鎖，心情是無奈也是無力，深深地吐出一口長氣，拒絕的方式軟的硬的都試過了，莊亦誠究竟什麼時候才要放過她……

「救救我。」

然而恍惚之間，她驀地又聽見一道聲音。

賀小杏轉過身，左右張望，但周遭空無一人，而這層樓的女廁在室內，走路至少也要走三十秒。

「拜託妳……救救我。」

又有聲音了！賀小杏愣然半晌，這的確不是她的幻聽或錯覺。而她再轉回身，面前竟猛然站著一個陌生女孩。

她驚訝地瞪大眼，訝異的原因不是因為對方神不知鬼不覺出現，是因為女孩的身體是呈現半透明的。

又是鬼嗎？

不、不對……腦袋在這一瞬間天翻地覆，零碎的記憶雜亂無章地飛竄，賀小杏莫名想起某個畫面，儘管一閃而過，但她有印象。

去年的某個下雨天，她被某個笨手笨腳的女生撞到，她還看見那個人手腕上的自殘痕跡，然後她的名字好像是叫……

「方馨……晨？」賀小杏蹙眉，疑惑地看著面前女孩的靈魂，遲疑地喃喃：「妳、妳現在——」

「學姊，拜託妳……已經沒時間了！妳可不可以救救我——再不快點的話我可能、我可能就要死了！」

儘管對於眼下情況一知半解，可是眼前半透明的方馨晨正不斷哀求著，說再不快點的話她就要死了……就要死了——「那我現在該怎麼幫妳？」救人要緊，賀小杏二話不說朝她問道。

下一秒，賀小杏也顧不得正好走回來的彭莉一臉納悶喊著妳要去哪，她三步併兩步，用畢生最快的速度衝去學校的游泳館。

學校的游泳池不是全天候開放，現在這個時段是關閉的，入口大門深鎖，沒辦法進去，可若要再聯絡負責游泳館的同學就太浪費時間了。

「求求妳了，就在裡面……」方馨晨哭吼。

「該死……」賀小杏往鐵門捶打了幾下，煩躁咋舌。

既然不能從大門進，只能再找其他地方著手，賀小杏沿著牆壁，決定賭一把，敲擊一扇一扇窗戶——幸好，老天爺真的開了另一扇窗。

靠近男廁方向的其中一扇窗戶並沒有被鎖上，賀小杏快馬加鞭一刻也不得閒，咬緊牙關縮著身軀奮力往窄小的窗框裡鑽。

最後，她碰的一聲整個人跌在濕答答的磁磚地板上，額頭還差點撞上小便斗，顧不得摔疼的膝蓋，賀小杏連忙四處探尋跑向泳池——

下一秒，她馬上就看見有個瘦小的女孩正漂浮在池子裡，一動也不動，而那正是方馨晨！

接下來所發生的一切彷彿電影加速快轉般，賀小杏毫不猶豫縱身跳下泳池，將方馨晨救起並即刻給予CPR急救，這一刻她多麼感激自己那笨腦袋沒忘了這些步驟。

「咳、咳咳！咳……」

方馨晨吐了一大堆水，面色蒼白，表情看上去十分難受。

待她恢復呼吸後，賀小杏連忙報警並通知警衛。很快的，方馨晨被送往附近醫院，千鈞一髮之際總算撿回了一命。

❀

賀小杏本沒打算要跟去醫院，但在一陣慌亂之下她莫名其妙就被推進了救護車。趕來處理的學校師長，問她是怎麼知道游泳池有人溺水的，賀小杏一時之間啞口無言，總不能直接說是因為那個溺水的女生的靈魂帶她來的吧……

於是為了不添增多餘的麻煩，賀小杏只好編織一個善意的謊言，說是自己不小心在休息室睡著了，剛好看到才連忙報警。

現在，賀小杏獨自坐在長廊一處的綠色塑膠椅上，盯著牆面上的樓層位置圖發愣著。她的脖子披著一條毛巾，兩腳膝蓋隱隱有些瘀青，手臂不小心被割到的傷口被某個熱心的護理師簡單包紮了，只是由於沒有多餘的乾衣服可換，她身上的T恤還有些濕，瀏海也濕漉漉的。

這時，賀小杏的注意力突然被一個經過的白髮婆娑老奶奶吸引，老奶奶佝僂著腰，身上穿著居家服，一腳套著塑膠拖鞋，另一隻腳卻光裸著，慌慌張張地左顧右盼，最後跑進旁邊的某間病房。

隨後，一陣啜泣聲從未關上的門靜靜流了出來。

賀小杏默默起身，下意識地挨在門邊，只見病床上的方馨晨正抱著那名老奶奶在哭泣著。

「唉，妳真是……妳非得要把我嚇死才行嗎！還好人沒事，否則我該怎麼跟妳爸媽交代！」

「奶奶對不起……」她的哽咽裹著濃厚哭腔。

老奶奶布滿皺紋的手一下又一下地拍拍方馨晨抽動的肩膀，看孫女哭成這樣也捨不得再罵，她心疼嘆氣：「怎麼會突然溺水了咧？妳不是在上課嗎？為什麼會一個人在那裡？」

「……我覺得好累。」她悶悶地說，淚流滿面。「我真的不知道我做錯什麼了——」

門外的賀小杏心底明知道偷窺不對，但她就是……忽然沒辦法移開腳步。

她明明不認識方馨晨，嚴格來說若加上今天不過僅有三面之緣而已，就只是單純的陌生人。

方馨晨哭得淒慘，斗大的淚珠一顆顆墜落沾濕了被子，彷彿這些日子以來遭受的滿腹委屈直到此時此刻才終於爆發，得以找到一個出口全數發洩。

方馨晨哭得一抽一抽的，沉默了許久，最後才斷斷續續地娓娓道來。

下午最後兩堂是體育課，也不知哪來的孽緣，她和那幾個討厭她的女生偏偏這學期就同時選了游泳。

方馨晨心知肚明她們從高中開始就對她有偏見，她曾向外求助，可是沒想到卻遭受更慘的下場，她甚至直到今天都不敢和奶奶說。

她曾想過要轉學，但是這樣就沒辦法照顧奶奶了，現在奶奶身邊就只剩下她了……於是久而久之她選擇不聽不看不理會，她只希望能安安靜靜平平安安地過完四年，好讓奶奶能不要為她操煩。

然而就在今天，她們又一次地以言語數落她，她依然選擇迴避，可沒想到其中一個帶頭的女生竟故意絆倒她而害她扭傷了腳踝。

方馨晨咬緊牙關，耐著疼痛，忍不住衝上前甩了她一巴掌，這是她第一次出手反抗。

「……幹！方馨晨妳這個瘋婆子！妳敢打我！」

「妳們到底是要我怎樣！我哪裡惹到妳們了……為什麼要一直這樣對我，妳們就是巴不得我去死是不是！」她崩潰哭吼。

剛才被甩了巴掌的女生殺紅了眼，一把將方馨晨推倒在地，眼神充滿厭惡，猶如在看一個低賤的生物，無所謂地冷笑：「沒有為什麼，就是討厭妳。」

方馨晨在這一瞬間才終於徹底明白，原來世界上真的會有人平白無故地就討厭妳。

她不曉得自己究竟做錯了什麼事，不知道為什麼自己要被那些人霸凌欺負。

腳踝隱隱泛著刺疼，方馨晨獨自一人躲進了更衣室，環抱著膝蓋無聲啜泣。

也不知過了多久，迷濛之間她赫然發現游泳池只剩下她一個人而已。

她走到泳池邊，頭髮凌亂，雙眼紅腫，喉嚨乾澀。

如果死了，是不是就不必再面對這些恐怖的生活了？

如果死了，她是不是就可以從地獄解脫了？

如果死了……

方馨晨的腦海不斷湧現著這些想法，負面的情緒正逐漸將她整個人啃食殆盡。

遍體鱗傷的她漸漸鬆開攥緊的拳頭，如釋負重地吐了一口氣，重心向前，下一秒墜入了深淵。

眼前是一片混濁的黑暗，她能感覺自己的身體變得愈來愈輕，意識也愈來愈模糊……終於、她終於可以不用再承受那些痛苦了。

可是——

如果她死了，她就不能參加下個月的選秀比賽了。

如果她死了，她就再也吃不到巷口那家滷味了。

如果她死了，她就永遠沒辦法見到奶奶了……

不，不可以！她不要！

猛然間，感知器官頓時變得清晰了起來，她無法呼吸，手腳無力，整個人痛苦不已，束手無策，只能奮力在水中掙扎，但卻怎麼樣都無法動彈……

不要！不要……她後悔了。

她一點都不想死，她想要活下來！

「傻孩子，妳怎麼能獨自忍耐這麼長的時間呢……一定有人會願意聽妳說的，別總憋在心裡，說出來吧，奶奶也會聽妳說的啊。」

方馨晨將長期囤積在心底的真心話告訴奶奶後，奶奶溫柔地撫摸她的臉頰，她哭得更凶了，是感激，也是對奶奶的愧疚。

「正因為我們的生命是有限的，所以不需要為了那些討厭妳的人而浪費自己的時間，坦然面對自己，害怕是人之常情，可是愛妳的人一定會陪在妳身邊。」

「奶奶，對不起、真的很對不起，結果我還是讓妳操心了……」

「沒關係，以後別再這樣了，奶奶也有錯，讓妳一個人受了這麼多委屈。」

方馨晨哭到說不出話，緊緊抱住奶奶。

其實，方馨晨並沒有向奶奶全部坦白，老實說後來的一切她幾乎忘了，不曉得具體究竟發生了什麼事，甚至不知道自己怎麼被送到醫院的。

可是，她唯一能確定的是自己好像作了一場十分真實又奇怪的夢。

她竟然夢到自己靈魂出竅，親眼看見沉在水中的自己，然後……她看見了那個學姊。

她認得那個學姊，她曾在系上的布告欄看過她的照片，學姊留著一頭黑色長髮，長得很漂亮，整個人像是被打上朦朧的濾鏡，但大家都說她的脾氣不好難相處，可是……這是事實嗎？

記得去年某次下雨天她不小心撞到那個學姊，她當下害怕極了，下意識地深怕被責罵，然而學姊竟然替她撿起手機和報名表。

那個學姊……賀小杏，自己究竟為什麼會夢到她？為什麼她會覺得自己好像真的和她見過面？

如果未來還有機會能見到她的話，她想要和賀小杏道謝，無論什麼原因。

病房外，賀小杏背靠著冰冷的牆壁，鼻頭有幾分酸澀，看著方馨晨和她的奶奶，一個難過哭著到笑了，一個心疼笑著卻哭了，這令她莫名想起了自己的阿嬤。

去年的那個下雨天……如果、如果她當時雞婆地多問了一句，多釋出一點關心，方馨晨是不是就不會變成現在這樣了？

或許有時候，比世界末日更可怕的，是世界漠視。

「不好意思，我想找一個人……對，名字是方馨晨。」

這時，旁邊的櫃檯站著一個年紀看上去和方馨晨差不多的女孩。

女孩氣喘吁吁的，接著下一秒又轉過身，神情倉皇地往她……旁邊的病房跑來，甚至絲毫沒往賀小杏身上看一眼。

「棠棠？」方馨晨的語氣帶著驚訝。

「天啊……還好妳沒事！我剛才聽老師說的時候快嚇死了！」棠棠衝了過去，緊緊抱住她。

「妳怎麼了？發生什麼事了？怎麼會突然一個人待在游泳池？」

下一秒，病房又傳來方馨晨的哭聲，她將一切都告訴了棠棠。而接著，另一個女孩也哭了出來。

「對不起……我不知道她們竟然這樣對妳，沒想到發生了這些事，對不起！對不起！妳應該要跟我說的，妳為什麼要怕我會為難？雖然我們不同系，但我們不是朋友嗎！以後無論發生了什麼事，妳都要告訴我好嗎？」

兩個女孩抱在一起又哭又笑，一旁的奶奶既無奈又窩心，抽了兩張面紙遞給兩個淚人兒。而站在門外的賀小杏收回視線，心情莫名五味雜陳，默默地離開了。

❀

後來，賀小杏才發現手機躺著四通未接來電，分別是彭莉和阿信。她在三人共同的群組先說了抱歉，接著解釋自己剛才是因為某個朋友突然有急事找她，所以她才先走。彭莉很快就回覆，說沒事就好，還以為她怎麼了；阿信問那她等等還會不會跟她們去學餐吃東西，賀小杏摸了摸身上還濕著的衣服，手指在聊天室輸入欄躊躇幾秒，最後還是又選擇編了個善意的謊言，說沒關係，她下次再一起去。

賀小杏走出醫院，叫了輛計程車先回學校，接著又直接騎車回家。

傍晚時分，此時的天空是一片漸層的粉藍色，耀眼的橘紅夕陽停駐在遠方的山丘樓廈間，隨著時間緩緩下沉，暖橘色的餘暉像一筆又一筆過於濕潤的水彩，將城市暈染得懷舊溫柔。

方馨晨的奶奶說，害怕是人之常情，因為生命是有限的，所以活著的每分每秒都很重要，死了就真的什麼都沒有了。

就真的，什麼都沒有了。

賀小杏的腦袋不斷地迴盪著那些話，明明她不是當事人，明明不是在對她講，她卻覺得體內彷彿有什麼東西正在一片一片的凋零剝落，現實是時速六十公里的速度，但心間的酸澀感流動得很慢很慢，很緩慢，卻愈來愈清晰。

最後，當賀小杏聽見歐墨對她說了一句：「妳回來啦。」之後，她的視線渾然不覺地被水霧佔據，懸掛在眼眶的透明液體一顆接著一顆沿著臉頰滾落。

歐墨霎時愣然，正想開口說話，就聽見她喚了聲他的名字，然後吸著鼻子，喉頭滾著哽咽說道：「我需要跟你借袖子了。」

他不禁笑了下，微彎著腰雙手撐著膝蓋，看著連哭泣都很倔強的賀小杏，與她視線平行。嚴格說起來，歐墨算是看著賀小杏長大，她的眼淚很高傲，總是逞強，久而久之，不知不覺築起一座只有自己能踏進的城牆。

「好。」他說。

這樣的賀小杏，其實偶爾也頑固得讓人心疼。

將眼淚擦乾後，賀小杏回到房間換上乾淨的衣服。

臥室一隅擺著一座白色的五層書櫃，是從以前爸爸書房搬來的，其實這家裡有幾樣傢俱已經用很久了，比如掛在客廳牆上的老時鐘，年齡甚至比她還大。

她有小小的強迫症，習慣將東西分門別類，書櫃上只有幾本書和漫畫，雜物佔多數，有朋友從英國寄給自己的漂亮明信片、某次出去玩腦波弱衝動購買的木製音樂盒、一本像極了老電影裡才會出現的紅皮筆記本，還有相簿……

賀小杏將筆記本抽出來，依稀記得這是某年生日時她吵著要外婆買給她的，因為當時班上女生很流行寫日記，她也很想試試，而且她想要像童話故事裡那種精緻的筆記本，結果她卻只堅持了幾天，還被媽媽罵浪費錢。不過儘管過了這麼多年，三分鐘熱度的她直到如今卻都還把這本筆記本留著。

接著賀小杏又抽出相簿，輕輕拍掉沾在上面的灰塵，她都忘記這本相簿放在她房間，已經許多年沒打開了，裡頭的照片年份多為國中以前，隨著科技日新月異，如今漸漸地也不再沖洗照片了。

她一頁一頁翻著，思緒不知不覺也飄進照片裡的時光，既懷念，也有些遙遠。

而當她翻到相簿的最後一頁，最後一張照片是她和外婆的合照。

照片裡的場景是在家門前，當時似乎是夏天，連陽光也拍進去了，小小的自己抱著一束薰衣草，依偎在外婆的肩膀，兩人一起坐在板凳上笑得很開心。

好想念阿嬤啊。

不過這張是什麼時候拍的？奇怪，她怎麼沒印象……

「噢！這天是妳的生日呢。」驀然間，歐墨的聲音自身側響起，只見他也在看她手中的相簿。

賀小杏愣了愣，偏頭問：「你怎麼知道這天是我的生日？」

「我不是說過妳外婆曾見過我一次嗎？就是這天啊。」

看著他爽朗如夏的笑容，彷彿就像一把鑰匙，心底某個塵封許久的盒子被輕輕撬開，她才依稀想起拍下這張照片的那天，爸媽和外婆帶著她和姊姊外出郊遊，一家人開車去了當年頗負盛名的某座花卉農場，儘管不是盛產季節，但那裡有一大片彷彿置身普羅旺斯的薰衣草花田……

「阿嬤阿嬤，薰衣草的花語是什麼？」

「薰衣草的花語呀——阿嬤最記得的是，『只要用力呼吸，就能看見奇蹟。』小杏妳也喜歡薰衣草嗎？」

「嗯，喜歡——但我最喜歡的還是阿嬤！」

後來，賀小杏將這張與外婆相依偎的照片從相簿取出，改裝進相框裡，放在客廳的電視櫃一角。

隨後她洗了把臉，旋緊水龍頭後走出廚房，接著看見歐墨坐在窗台，就如往常的時光那般，暖橘色的光融在他單薄的身上，夕陽的光暈落在他的側顏，她看不清他此刻的表情，可是這樣的畫面卻很美麗，溫柔安然，恬靜優雅。

水珠沾在她纖長的睫毛，搖搖欲墜，賀小杏只是沉默著看著歐墨……她忽然想，也許未來有一天她會搬離這棟屋子，或者有一天她又會變得看不見他的存在，她不曉得這樣的心情為何而產生，但是她突然很希望那一天能晚一點再來。

如果可以的話，最好……永遠都不要來。

Chapter 06 · 給未來的你

六月，夏陽酷暑。

時光飛逝，大學四年的生活即將在今天正式畫下一個句點。

歲月匆匆，又將迎來一個新的人生階段，即使不想不願不要，時間總會在後頭推著自己走，不得不學習勇敢，不得不學會成長，會感到疲倦，會感到恐懼，可是沒辦法……這就是人生。

今天是畢業典禮，其實賀小杏沒什麼特別的實感，她覺得就只是單純重演國高中的畢業典禮。

而多愁善感的彭莉才剛跟著隊伍走進體育館就開始眼眶泛淚，最後哭得稀哩嘩啦，一雙眼腫得像核桃，倒是最讓她意外的是，阿信竟意外哭掉了兩張面紙，但哭完後仍不改她的風格，頂著紅撲撲的臉頰，逮住機會開啟攝影鏡頭，開始一個一個找同學錄製畢業Vlog。

「小杏，畢業快樂！」上週剛做完月子的賀允丹也特地來參加妹妹的畢業典禮，她將一束粉黃色的乾燥花花束送給賀小杏，賀小杏接過，笑著上前給了姊姊一個擁抱。

站在旁邊的洪士羅一手抱著孩子一手握著相機，說要幫她們拍張合照，結果姿勢都還沒擺好，懷裡原本正熟睡中的小嫩嬰突然開始嚎啕大哭，賀允丹連忙接過柔聲安撫，哄了幾下就又睡著了，賀小杏看著她可愛，禁不起誘惑忍不住很輕很輕地摸了小姪女的臉頰，結果小姪女又被弄醒了，讓姊姊又氣又無奈。

接著不久，賀允丹與洪士羅便先回去了，賀小杏也被其他同學抓去合照留念。

「欸欸，莊亦誠——這邊！過來一起拍照啊！」

而在一片既溫馨又有些混亂的情況下，賀小杏聽見掌鏡的同學朝人群某處喊了聲，她心一驚，還來不及反應，就看見莊亦誠朝她們的方向走來了。

「嗨……嗨，小ㄒ——」莊亦誠一看見賀小杏整個眼神都亮了，可賀小杏刻意迴避他投遞而來的目光，視若無睹地轉而站在另一頭與他保持距離。見狀，莊亦誠不禁垂下原先上揚的唇角，掌鏡的同學這時喊說要拍照了，於是他只得強顏歡笑地看向鏡頭。

賀小杏不想見到莊亦誠，但畢竟今天是畢業典禮，勢必有絕大機率會與莊亦誠打照面，不過這絕對會是最後一次了。

只要熬過今天，只要熬過現在就好。

然而，當賀小杏準備走回彭莉與阿信那兒時，一隻強而有力的手忽然從層層人牆間竄出，一把抓住她的手腕。

賀小杏瞬間被嚇了一跳，瞧見來人後連一句話都不想說，就冷著臉甩開莊亦誠的手，豈料莊亦誠竟又重新捉住她的胳臂，強行將她拽過往一旁角落走去。

「你到底想幹麼！別總是對我毛手毛腳！」賀小杏用力掙脫，面露厭惡，皺眉瞪視。

「對、對不起……」莊亦誠的聲音有些發顫。「我只是想，今天就是畢業典禮了，我曾試著想放棄妳，我發現我還是做不到，我還是很喜歡妳——小杏，可不可以再給我一次機會？如果我之前有做錯的地方，或者讓妳感到不舒服——」

「原來你也知道你的行為會讓人覺得不舒服？那你幹麼還做？」賀小杏冷聲反問，聲音不帶任何情感，而莊亦誠愣了愣。

「我只是太想見到妳，我不是故意要跟蹤妳的……我沒有惡意，我只是、只是太喜歡妳了。」

「你到底在講什麼……」賀小杏聽不下去了，她看著莊亦誠這樣既卑微又固執的模樣，只覺得荒唐且毛骨悚然。

「我答應妳我不會再這樣做了，我不會再偷偷去妳家了……我都會改，所以我們重新當朋友吧？好不好小杏？再給我一次機會，我會讓妳幸福的，我會對妳很好很好——」

「莊亦誠，放過我好不好……我現在再說最後一次，我真的不喜歡你，我們也別當朋友了。」

語落，表情沉重疲倦的賀小杏轉身就要走，而莊亦誠卻仍執迷不悟，伸手抓住她的手腕，喉間滾著哽咽喚了她的名字。

「小杏——」

「莊亦誠，你他媽再碰我我就殺了你。」

賀小杏的語氣猶如極地寒冰，冷著臉將他的右手拉開，然後頭也不回地逃離。

她已經被他的喜歡逼得要瘋了，究竟要等到什麼時候她才能徹底擺脫這場毛骨悚然的惡夢？

畢業典禮那天之後，莊亦誠就彷彿人間蒸發般，消失了。賀小杏並沒有為此而感到放心，畢竟之前也曾遇過這種情況，當天真地以為一切和平了，結果莊亦誠又出現了，於是凡只要獨自一人時，她依舊謹慎，格外小心翼翼。

然而有時候，儘管再怎麼奮力掙扎，似乎仍抵擋不住天註定的命運，的確啊，命運有好有壞，唯一能做的也只希望能順利度過那個坎。

希望。

晚間十一點二十分，賀小杏打卡下班後，一如往常騎車返家。

盛夏的夜晚滾著白日殘留的悶熱，連行駛而過的風都是黏的，直到騎出市區，周遭的人車漸漸稀少，慢慢駛入寂靜的住宅區，行經馬路兩旁行道樹構成的陰影，若有似無的涼意驅散了暑氣。

身邊朋友有些早已進公司報到，有些還在水深火熱的面試之中，有些則是選擇好好享受最後的暑假，而賀小杏雖然至今依舊對未來茫然，但她覺得像現在這樣的生活也挺好。

賀小杏騎進那條依然凹凸不平的小路，平時左轉彎的路口這幾天又封路施工了。

今天打烊後和店長將舊倉庫的貨物搬移至新申請的倉庫，忙了一天，鬆懈後覺得有點想睡，忍不住打了個哈欠……然而這時，當她即將要駛出小路路口的瞬間，左邊忽然襲來一道強烈的白光，眼睛一下子被光刺中，她下意識閉上眼，下一秒用力睜開，迷離混亂間只見一輛橫衝直撞的汽車正朝自己而來！

「呃啊、啊——」

賀小杏完全來不及閃避，一瞬間來得太快，唯一念想是……我不要死，我不想死——

霎時間，整個世界宛如被按下慢動作的按鍵，短暫的一秒鐘像是度過了一世紀，那麼漫長又真實，她感覺身子一輕，彷彿被人抱在懷裡……

接著，賀小杏便失去了意識。

「醒醒。」

好像，有人正在她耳邊說話。

「賀小杏……」

好像，有人正在叫她的名字。

好吵啊……

但那是誰呢，是誰啊——

緩慢地睜開眼睛，意識還有些模糊，當眼睛適應了周遭彩度後，賀小杏發現自己正在家裡。

「……」看著再熟悉不過的環境，她瞬間清醒，連忙伸手摸遍全身上下，既納悶又驚嚇，她剛才不是在騎車嗎？怎麼現在卻好端端地坐在沙發上……

「喲，妳終於醒了。」一道輕揚又熟悉的嗓音自身旁響起。

「歐墨？」賀小杏更驚訝了，接著她抱著頭，試圖回想所發生的一切。「等等，現在是發生什麼情況？我明明……我記得我明明還沒到家啊——咦不對，剛剛正要騎出小路路口時，好像有一台車突然從旁邊衝出來……」她的喃喃愣然停止，隨後渾身激起一陣毛骨悚然。

她的表情像是被宣判死刑，倒抽一口氣：「不會吧……我該不會是死了吧？」

「沒有，妳放心，妳還好好地活著啦。」坐在身旁的歐墨笑了笑。

聞言，賀小杏鬆了一口氣，卻又疑惑：「那為什麼我現在會在家裡？而且我竟然完全沒受半點傷……」話語至此，莫名有種似曾相識的錯覺，她愣了愣，抬眼對上那雙墨黑色的眼眸。

「是的，妳又靈魂出竅了——」歐墨的語調就像是她抽中了頭獎，只差沒有放鞭炮了。

「……」

「……呃，咳。」見她毫無反應，他尷尬地摸摸鼻子收起玩心，認真回答：「是我把妳帶回家的。」

「你剛才說我還活著，所以我後來是被送到醫院了對吧？所以我的身體……現在是在醫院嗎？」

歐墨點點頭，賀小杏這才徹底放下一顆既忐忑又沉重的大石頭。

「沒想到我竟然又靈魂出竅了……」她咕噥，接著又像想到什麼似的，噗哧一聲笑了笑，甚至還有些傻氣：「不過我們現在這樣，就好像一年前的那個時候，但那時候的場景是在醫院的走廊，現在卻是在家裡，好奇妙啊。」

「是啊。」這時，歐墨忽然站起身。「妳該回去嘍，妳的家人朋友都在等妳。」

啊，也是，現在可不是悠悠哉哉開玩笑的時候。於是賀小杏也跟著站起身，但她又愣了愣。

「……但我應該要怎麼做才能重新回去我的身體？」

「嗯──要不妳試試閉上眼睛，什麼都不要想，就當作睡著了。」

「噢，那我試試看……」只是賀小杏又突然睜開一隻眼，模樣有些滑稽好笑，她想確認：「歐墨，等我真正回到家後，你應該也會在這裡等我吧？」

「嗯，我會等妳回來。」

「那個，還有──」她神情欲言又止，眨了眨眼睛，雙眸澄澈，躊躇幾秒，才又接著道：

「……謝謝你唷。」

「謝什麼？」

「就……謝謝你在家等我呀，還有謝謝你常常聽我說話，我好像一直都沒有好好向你道謝。雖然最一開始的時候我曾經很排斥你，但其實……我還蠻喜歡你的。」

賀小杏說著，明明就不是在告白，卻竟莫名覺得自己的臉頰有些冒熱。

「嗯，我也喜歡妳唷。」歐墨笑了，笑得眼睛瞇成一條線。「而且，我也要謝謝妳。」

「謝我什麼？」

「謝謝妳讓我沒那麼寂寞了。」他說。「好了，那現在妳可以乖乖閉上眼睛回去嘍——」

賀小杏聽著他清朗的嗓音，可是——怎麼搞的，明明知道自己還活著應該要慶幸的，但心卻感覺好沉重，忽然覺得哪裡怪怪的……

假如，她只是假如——畢竟現在的狀況與一年前靈魂出竅的情況相似，如果靈魂出竅是一種契機——

「我會不會回去之後醒過來，就變得看不見你了？」賀小杏開玩笑地說。

歐墨看著她，墨黑色的眼眸依舊如初相見時那般純粹清澈，他沒有反駁，也沒有否認，只是回道：「我不知道。」

「所以我真的有可能再也見不到你了嗎？」賀小杏又問，可語氣卻變得認真急迫了。

「我真的不知道。」他回答，溫和的語氣像是在安撫她忐忑不安的情緒。「所以啊，等妳乖乖回去之後妳就能知道了。」

回去之後就能知道了……賀小杏抿著唇，點點頭，也只能聽話。

她好不容易才習慣了這樣的生活，甚至該說，她喜歡現在的生活，已經很習慣和歐墨在一起的日子了。

希望，這不會是所謂的道別……

希望，這不會是他們兩人最後一次見面……

希望，等她真正再次回到家後，還能像平常一樣，看見他溫柔傻氣的笑臉……

賀小杏忍不住在心底悄悄地祈禱著。

「等等……」而當她準備再次閉上眼的瞬間，歐墨忽地出聲，揚起笑，接著突兀地對她說：「小杏，生日快樂。」

她愣了愣，噗哧一聲。「今天又不是我的生日，明天才是欸。」

「我知道，不過等妳回去之後應該已經過午夜了。」歐墨伸手摸摸她的頭髮，眉眼溫柔。「好孩子，謝謝妳誕生在這個世界上。」

聞言，她心莫名一揪，啊……可惡，明明能忍住的，明明不知道答案但為何會感覺眼淚開始氾濫……賀小杏哽著喉，決定向前走一步，伸手抱住歐墨。

最後，在失去意識的前一秒，她能感覺到他也將她攬入懷裡，依然、依然——很溫暖。

❀

賀小杏走失的靈魂再次回到了屬於自己的肉體。

當她重新睜開眼睛，映入眼簾的是全然陌生的環境，神智逐漸清晰，她這才意識到自己正躺在醫院病床上，四肢沉甸甸的，很真實的重量，而旁邊似乎有個人……

「妳終於醒了！還好嗎？還記得妳是誰嗎？身體有沒有哪裡覺得痛？」原本正打算倒水的賀允丹，一聽見身後傳來棉被摩擦的聲響，立刻轉身察看，面色緊張。

「歐墨……」

「嗯？誰？什麼？」

賀小杏登時啞口，愣了愣，搖搖頭。「沒事。」接著她眨了眨有些乾澀的眼，發現自己的眼角竟沾著幾抹濕潤。

「妳真的是打算要把我嚇死就對了，妳都不知道我一接到醫院打的電話嚇得心臟差點停止，還好妳沒什麼嚴重的傷勢，爸媽明天也都會來醫院看看妳的狀況……妳應該也被嚇到了吧。」

「嗯，有一點……」賀小杏扭著身想坐起來，卻不小心碰到手臂剛包紮完的傷口，忍不住吃痛嘶氣，賀允丹伸手協助，調整好位置後，將剛才倒好水的杯子遞給她。

賀小杏駝著肩，雙手捧著水杯，小口小口地慢慢喝。

「真是奇怪，怎麼妳又在那個路口出意外，以後妳騎到那裡時真的要特別注意……我看，等妳出院後我帶妳去廟裡走一走，保個平安……」

接著，賀允丹說當時巨大的聲響吵醒周遭住戶，某個民眾連忙叫救護車並報了警。肇事駕駛當下也自撞民宅圍牆，當場昏迷不醒，門牙斷了兩顆，渾身多處骨折擦傷，甚至其中一隻手還得面臨截肢。

賀允丹拍拍賀小杏的手背，說她真是命大，警方調閱路口監視錄影器後，發現當時汽車是撞到機車車屁股，賀小杏竟奇蹟似地剛好掉進旁邊堆滿枯枝落葉的水溝正好形成緩衝，才避免了更嚴重的傷害，雖然機車維修費用恐怕不少，但她自己僅是手腳擦傷，只要按時擦擦藥幾天後就痊癒了，真得好好感謝神明保佑。

而接著賀允丹提到肇事駕駛是酒駕，甚至還是累犯，真的很糟糕，檢測出的酒精濃度高達零點四五，後續鐵定會吃上牢飯，又說到對方的年紀和她差不多大，還是同一所大學的。

聽聞至此，賀小杏背脊一涼，腦海瞬間就浮現出某張醜陋恐怖的臉孔……果不其然，後來她也得知了肇事駕駛的確就是莊亦誠。

賀小杏冷笑想著，怎麼可能就這麼巧，大概是蓄意的吧，但她真的、真的——真的不想再跟這個人有任何關聯了。

她希望這場惡夢就到這裡為止，好好地結束吧。

再者更重要的是，眼下對賀小杏來說最想做的事，就是回家——回去自己的家。

回到那個有歐墨在的家。

隔日，天氣格外晴朗燦爛。

其實賀小杏當時本想立刻就出院，但在醫生的建議以及賀允丹的強制下，她還是乖乖留院觀察了一天。

於是熬過一晚後，此刻，賀小杏獨自站在自家門前。

她揣著忐忑不安的心，答案近在咫尺，就藏在這扇門後了。

她深深地呼吸一口氣，又重重吐出，此時的心情十分複雜，有興奮開心，也摻雜著懼怕。

賀小杏從背包掏出鑰匙並插進鑰匙孔，然後……

喀噠——

迎接她的是滿屋寧靜，空無一人。

進門前，她的嘴角是上揚的，而踏進門後，嘴角下意識地恢復平行，握緊的手鬆了開來。

沒有一如往常的畫面，沒有那張溫暖的笑臉，沒有半點聲音，沒有任何人存在。

賀小杏嚥了嚥唾沫，將背包隨意扔至沙發，連鞋也沒脫，連自己也渾然不知的緊皺著眉，面色倔強，沉默卻急躁地從一樓客廳開始，接著二樓的房間，然後三樓的陽台……仔仔細細地將整棟屋子各角落都找過了，卻都找不到歐墨。

身體頓時像沒了發條，她咚的跌進沙發，那些期待的心情逐漸灰飛煙滅，取而代之的是逐漸膨脹的失落，一點一滴地隨著屋裡的寂靜發酵沸騰。

她完全找不到歐墨，可是歐墨說他會一直住在這棟房子裡，他也跟她約好他會在這裡等她回來，她相信歐墨不會爽約，她相信歐墨不會說謊騙她……

所以，其實是她自己的問題，現在的她真的看不見歐墨了嗎？

「小杏啊，妳那個機車保險——咦，妳眼睛怎麼紅紅的？怎麼了，是身體不舒服嗎？」剛才先放賀小杏下車後繞去藥局買東西的賀允丹也走進屋，卻見賀小杏靠著窗台，無力地耷拉著腦袋。

她抿唇，又緩慢地點點頭，哽著喉，有些苦澀地牽起唇角：「嗯，有一點……我覺得我現在有一點點不舒服。」

隔天的上班日，賀小杏特地起了大早，明明該是晚班的她卻刻意一早就去了花風百貨，提著早餐姍姍來遲的店長見到她後還一臉納悶，以為是自己搞錯班，結果翻了下班表後問她是不是睡傻了幹麼這麼早來，賀小杏摸摸鼻子，若無其事地順水推舟乾笑道自己還真的是睡昏頭了，她以為她今天是早班呢。

店長問她那她要先回家一趟晚點再出門嗎，還是直接留下來，如果要留下來的話這三個小時可以直接申請加班時數，賀小杏點點頭說好，但其實她剛才神遊了。

「我去廁所裝水喔。」接著賀小杏從抽屜取出澆花用的小水壺，走往後場。

推開後場的門，她站在原地，左顧右盼，目光認認真真地朝四周仔細巡視了一圈，但什麼也沒看見，什麼也沒感覺到，一切安靜無聲。

「小杏早啊……咦，妳在找什麼嗎？」

「啊，沒有……沒事。」

接著整天下來，賀小杏又將每一層樓都走過一遍，卻始終沒有發現那個總是在百貨公司上上下下搗蛋玩耍的小女孩。

之後的某天，賀小杏甚至特地跑回母校，她去了曾看見鬼魂的幾個場所，機車停車場、行政大樓二樓的自習室、學餐西側的女廁、體育館地下室，還有通往圖書館的那條中庭……然而，結果也相同，如她所料，自己什麼東西都沒有看見，更完全沒有察覺到任何動靜。

生活一如既往，日子依舊平凡，但是賀小杏知道，其實有什麼已經悄悄地改變了，她曾試著去探尋，卻是一場空，於是最後一而再再而三的事實擺在眼前，她才徹底有了自知之明。

「當然，我一直住在這裡呀。如果妳嫌我煩，或覺得討厭，除了搬家外，就——祈禱哪一天突然又恢復成原本沒有靈異體質的妳吧。」

「靈魂出竅？那我要再摔一次車？喔不要，痛死了……算了不管了，反正我們就和平相處吧，我就當作多了一個……神明室友？」

「賀小杏，妳還真是一個奇怪的人。」

賀小杏想起一年前和歐墨的對話，如今——一語成讖。

❀

「欸欸，妳們還記得我們大三暑假那時不是有去過一個廢墟夜遊嗎？」

「是那個什麼排行榜第一名的廢墟嗎？記得呀。」彭莉邊說，邊將桌上的蘋果派切成三等份。

「我下星期又會再去一次了。」

「又要去喔，那麼恐怖的地方到底有什麼好玩的……」

「就有人找我一起拍片合作，想說同公司又都是剛起步的新人，所以就互相幫忙一下啊。」

「我突然想到，當初那個影片是不是有拍到……鬼呀？底下不是有一大堆留言在討論嗎？還特別標記秒數……」

阿信哈哈大笑。「妳不是怕得要死說絕對不點進去看嗎？」

「就……後來有點好奇嘛，我叫我男友看的。所以真的有……呃，鬼嗎？」

「天曉得，但我是相信可能真的有啦，雖然後來抓原檔檢查老半天也還是沒看出個什麼毛。」阿信聳肩，將黑森林蛋糕送進口中，接著話鋒一轉，甩著叉子指向一旁的賀小杏。「話說關於這種事……就要問小杏才對。」

「嗯？為什麼要特別問小杏？」

「因為她有陰陽眼啊——」

「蛤？什麼？」

「咦，彭莉妳不知道嗎？我以為小杏有跟妳講。」

「小杏妳竟然有陰陽眼？妳怎麼沒跟我說啦！等等……所以妳有親眼看過……鬼？天啊，我起雞皮疙瘩了……」

「唉，我就是想妳會怕所以我當初才沒特別告訴妳。」被點名的賀小杏乾笑，有些尷尬。

「下星期要不要跟我一起去？我們時間可以配合妳休假的日子唷，說不定能靠妳的靈異體質拍到什麼意外『收穫』餒……」阿信眼神閃亮，興奮地向她提議道。

賀小杏扯了扯嘴角，半托著腮，一手攪拌著熱奶茶。「可惜啊，這次我想幫但沒辦法幫了，其實我發現……我現在已經沒有什麼靈異體質了啦。」

❀

賀小杏記得歐墨曾說過，隨著時間，見過他的人都會漸漸淡忘關於他的所有記憶。

當時的自己是有靈異體質的，反之，如今她已沒了靈異體質，所以隨著時間，她遲早會忘記關於歐墨的一切……但是怎麼辦，她不想忘啊。

她想好好記起來，永遠地記住這一年的時光，可是怎麼辦，有沒有什麼辦法能讓自己不遺忘——思及此，心情有幾分低落的賀小杏抬起頭，視線觸及到書櫃倒數第二層的，那本外婆買給她的紅皮筆記本。

後來，頑固的賀小杏仍是等了好幾天、好幾天……但卻遲遲等不到歐墨的出現。

賀小杏覺得心裡頭變得空蕩蕩的，靜得彷彿還能聽見某種悵然若失的回音，沉澱著這樣的心情，連這住了十幾年的小房子都顯得太過巨大空曠了。

真的有點寂寞呢。

她懷念與歐墨的點點滴滴，畢竟朝夕相處了整整一年的日子，已經習慣成自然了，所以，一定會捨不得的啊。

她想，她得承認她是變態，她竟忽然想讓他摸摸自己的頭，有點想念他手掌的溫度，有點想念他暖洋洋的擁抱，有點……不，是「很」想念歐墨。

好寂寞啊。

賀小杏坐上被陽光籠罩的窗台，她記得這是歐墨經常待著的地方。

她側身倚靠窗台牆壁，晃著小腿，回想起這一年來所發生的種種，先是意外變成靈異體質，又多了一個神明室友，在花風百貨遇見那個愛吃糖的小女孩，又莫名其妙被捲進一場詭異的驚魂記，還有那一家人，不曉得他們現在過得好不好——

她曾親身感受到死亡的瞬間，遇見有的人被迫離開、有的人自願離開、有的人載浮載沉著最終還是上岸了，在外人眼裡不足為奇的小事，也許對當事人來講，是堪比地獄的煎熬。

雖然當自己被困在惡夢裡時也很痛苦無助，但如今想想，她的煩惱似乎也沒什麼大不了了，心境也漸漸地變得坦然了不少。

至少，她還能用力呼吸，好好地活著。

這一切的源頭是來自於歐墨，他的出現所帶來的種種效應，在最初是一個驚嚇，而到了最後，反而成為一種驚喜。

一日深夜，氣溫不冷也不熱。

賀小杏抱著泰迪熊坐在屋外的小板凳，她耷拉著腦袋，望向那片浩瀚無垠的夜空，渺小的星星散落各處，像被打翻的珠寶盒，天邊有一輪明月，映著暖黃色的柔光，竟也悠悠想起第一次見到歐墨時的畫面，那天也是這樣的月亮。

「喵、喵——」

這時，有一團毛茸茸的觸感在腳踝徘徊，賀小杏低下頭，是那隻胖嘟嘟的橘貓，接著牠跳上小板凳，她最近發現，這隻橘貓現在似乎已經把她家當成流浪的據點之一。

賀小杏伸出手指輕輕搔著牠的下巴。「欸，你應該看得見吧？如果歐墨在的話，你……就喵一聲。」

幾秒鐘的留白，唯一回應她的只有寂靜。

然而，神奇的是，正當賀小杏覺得自己剛才說的話實在蠢到好笑的瞬間，橘貓忽然跳下小板凳，又往她的小腿肚磨蹭了兩下，彷彿真的有聽懂她說的話。

「喵。」

賀小杏愣然片刻，緊了緊懷中的泰迪熊，會心一笑，流下了幾滴眼淚。

迷路的賀小杏理解到自己必須轉念一想，有時候並非得知道自己的下一步才是對的路——人生就像一場冒險，我們都是自己人生的冒險家。

儘管她知道可能哪一天自己又會迷路了，但沒關係，總會過去的，未來還遠，餘生還長，當憤怒哭泣之後，她還是會好好地期待明天。

因為誰知道呢，也許驚喜就前方不遠等著她了。

尾聲

喀噠——

大門被打開了。

賀小杏手裡抱著一疊文件，這是她花了幾個徹夜未眠的夜晚過濾出來的面試資料，流光自半敞的門縫渡進玄關，明亮燦爛的陽光一瞬間柔霧了她有些犯睏的臉龐。

「嗯，那等我這邊忙完後再打給你，你說的咖啡廳店名是叫『咖啡堂』對吧……好、好，到時候見。」語畢，她結束通話，拎起掛在一旁的西裝外套穿上。

瞥見手機螢幕上顯示的時間，暗想不妙，快要遲到了，於是連忙套上跟鞋又匆忙掏出鑰匙要鎖門，然而在關門前又發現自己犯粗心，竟然把最重要的車票忘了，她懊惱咋舌，旋身衝回二樓房裡。

賀小杏拿起放在書桌上一本有些小小斑駁的紅皮筆記本，其實這最初是小時候拿來寫日記的，因為還剩厚厚一本，現在被她拿來當作記錄生活瑣事的手帳本。

昨晚弄資料弄到頭昏腦脹，迷迷糊糊就把車票夾進裡頭了，她翻了翻，抽出車票，餘光卻突然發現最後一頁似乎寫著東西，仔細一看，紙張上的筆跡是自己的筆跡，但……

【歐墨】

他比我高出一顆頭，頭髮的顏色像是焦糖一樣的咖啡色，被陽光照的時候總是毛茸茸的。

他的皮膚很白，有一雙墨黑色的眼睛，笑起來的時候眼睛總會瞇成一條線，有時候很蠢，但有時候也很可愛。

這是一件真的很不可思議的事，他住在我家……但他其實是房子的守護神，是神明地基主喔。

我或許再過不久就會忘記他。

可是，我好像已經開始想念他了。

奇怪，這些是什麼？是她寫的嗎？是什麼時候寫的？她完全沒有印象……賀小杏感到納悶，隨即又意識到再繼續磨蹭就真的要遲到了，於是她將筆記本塞進背包。

走出屋外，她仰頭望向那片無邊無際的藍天白雲，心裡不禁想著今天天氣真好，是風和日麗的晴朗日子。

而在大門關上的瞬間，被一地金燦晨光輕輕曝曬的窗台處，彷彿透出一個人形的輪廓，朦朧中漫出一抹焦糖色，她似乎還隱約聽見了一道聲音——

「路上小心。」

《我的地基主室友》全文完

後記

很高興這個故事能獲得出版為實體書的機會，直到現在仍覺得十分不可思議。（笑）

謝謝秀威出版社，也要謝謝從修稿到最終出版一路上給予了我許多建議與幫助的芳慈編輯，真的真的非常感謝。

然後，在這邊也想私心特別謝謝我的幾位文友們，總是給我滿滿的支持與陪伴，以及現實生活中的幾位好友，謝謝你們的鼓勵，愛你們。♥

關於這個故事其實曾做過一次大翻修，書名及男主角的設定都不一樣，新版保留了舊版的主軸與核心劇情，最後在幸運獲得許多人的協助下順利誕生了這本書。

地基主的由來流傳著許多說法，例如在現代較廣被接受的一般亡靈說，或是地神說……等等，我覺得很有趣，有興趣的人也可以上網查查看噢。XD

而在我的設定中，歐墨生前也是人類，以前曾居住在賀小杏一家人所住的房子，無嗣而亡的他因緣際會進而變成保護這棟老舊屋宅的守護神。

小時候我也曾聽家人說過關於地基主的事，大致上就是年紀還小的弟弟獨自在家裡二樓的儲藏室玩，結果忽然衝到客廳哭著說裡面有人，但當時儲藏室堆滿了雜物，幾乎連人可以站的位置都沒有，我爸媽就說大概是地基主想跟他玩吧。

不曉得為什麼，即使長大了，我對這件事的印象還是很深，雖然不知是真是假，但覺得十分有趣，那間儲藏室現在也變成我的房間。XD

我覺得有時候人生就像是一場冒險，我們都是自己人生的冒險家，人生的難題因人而異，書中的角色們也有他們各自的難題，在這條漫漫長路上會遇見許多人事物，好的或壞的，幸福的或悲傷的，更多的是未知。

關於女主角賀小杏，她或許不算是一個很討喜的角色，但我還是很愛她，她那些矛盾與恐懼，其實也是我曾有過的心情。

對我來說，寫作這件事是一個樹洞，同時也是記錄生活的方式，例如書中出現的某些情節其實也是根據我的真實經驗改編而成的，哈哈。

想寫下這個故事的其中一個契機也是想提醒我自己，人生很難，害怕是人之常情，但或許驚喜就在前方不遠了，所以還是要好好期待明天的到來，聽起來或許很像廢話，可以期待的有很多，期待明天的午餐，期待明天要播的動畫影劇，或是期待明天要見的人——

最後，也要真心地感謝在茫茫書海中選擇拿起這本書的你，如果這個故事也能為你帶來一點點期待明天的力量，那就太好了。：）

終燦

要青春82　PG2590

要有光 FIAT LUX　我的地基主室友

作　　者　終　燦
責任編輯　姚芳慈
圖文排版　蔡忠翰
封面設計　劉肇昇

出版策劃　要有光
發 行 人　宋政坤
法律顧問　毛國樑　律師
印製發行　秀威資訊科技股份有限公司
114台北市內湖區瑞光路76巷65號1樓
電話：+886-2-2796-3638　傳真：+886-2-2796-1377
http://www.showwe.com.tw
劃撥帳號　19563868　戶名：秀威資訊科技股份有限公司
讀者服務信箱：service@showwe.com.tw
展售門市　國家書店（松江門市）
104台北市中山區松江路209號1樓
電話：+886-2-2518-0207　傳真：+886-2-2518-0778
網路訂購　秀威網路書店：https://store.showwe.tw
國家網路書店：https://www.govbooks.com.tw
總 經 銷　聯合發行股份有限公司
231新北市新店區寶橋路235巷6弄6號4F
電話：+886-2-2917-8022　傳真：+886-2-2915-6275

出版日期　2021年7月　BOD一版
定　　價　320元

讀者回函卡

Printed in Taiwan

國家圖書館出版品預行編目

我的地基主室友/終燦著. -- 一版. -- 臺北市：
要有光, 2021.07
面；　公分. -- (要青春 ; 82)
BOD版
ISBN 978-986-6992-74-2(平裝)

863.57　　110009377